Hell und Schnell – Die Sammlung komischer Gedichte
Herausgegeben von Robert Gernhardt und Klaus Cäsar Zehrer
Band 6

Titelillustration: Rudi Hurzlmeier

In der Slam-Poetry-Szene ist er bereits ein Star: Live trägt Michael Schönen seine Gedichte so wirkungsvoll vor, dass er regelmäßig als Sieger von der Bühne geht. Mit diesem Band kann erstmals in größerem Umfang nachgeprüft werden, dass seine Verse auch auf Papier eine hervorragende Figur machen. Die Entdeckung eines komischen Lyrikers, der in der Tradition von Ringelnatz, Kästner und Erhardt steht, aber einen ganz eigenen, zeitgemäßen Tonfall entwickelt.

Michael Schönen, 1970 in Neuss am Rhein geboren, wurde zum Steuerfachgehilfen ausgebildet und arbeitete bis Ende 1999 in mehreren Kanzleien. Seit 2001 nimmt er an Poetry Slams teil und wurde 2003 deutscher Vizemeister. Er lebt in Köln, wo er u. a. die »Lesung auf dem Billardtisch« moderiert.

Klaus Cäsar Zehrer wurde 1969 in Schwabach (Mittelfranken) geboren. Er promovierte im Fachbereich Kulturwissenschaften mit einer Arbeit zum Thema »Dialektik der Satire. Zur Komik von Robert Gernhardt und der ›Neuen Frankfurter Schule‹« und lebt als freier Autor, Herausgeber und Übersetzer in Berlin.

Rudi Hurzlmeier, geb. 1952, lebt als Maler, Cartoonist und Autor in München.

Unsere Adresse im Internet: www.fischerverlage.de

Michael Schönen
Frohe Kunden

Ausgewählt und
mit einem Nachwort
von Klaus Cäsar Zehrer

Fischer Taschenbuch Verlag

Veröffentlicht im Fischer Taschenbuch Verlag,
einem Unternehmen der S. Fischer Verlag GmbH,
Frankfurt am Main, Mai 2007

Satz: ottomedien, Weiterstadt
Druck und Bindung: Clausen & Bosse, Leck
Printed in Germany
ISBN 978-3-596-17555-0

Inhalt

Zum Geleit

Einen kleinen Augenment
bitte ich dich abzuweilen,
lieber Leser. Man erkennt:

Ich will etwas mit dir teilen,
wenn man sorgsam untertrennt
wichte von unwichten Zeilen,
um, was im Gedicht dezent
drinnen steckt, herauszufeilen.

Dies zum ersten. Und zum zweiten
bitte ich nun, umzuseiten …

I. Von Ameis bis Zikad

Das Meer liegt 'rum

Es liegt den ganzen Tag am Strand,
und kriegt doch keinen Sonnenbrand,
das Meer.

Kann man sich vorstell'n, wie's hier liegt,
besagtes Meer, und Blasen kriegt?
Nur schwer.

Man hat wohl Sonnenöl verklappt,
das träge hin zum Ufer schwappt
und her.

So scheint es, denn die Sonne lacht
auf einen Teppich schwarz wie Nacht
und Teer.

Man fragt sich: Welcher Ölkonzern
hält so vom Meer die Strahlung fern?
Ach, der.

Wie nett von ihm! Auf Helgoland
ist sonst ja nie der Badestrand
so leer.

Unheimliche Begegnung

Ich ging so durch den Forst, als mich
ein ulmiges Gefühl beschlich:
Als wollte mich der Wald vertreiben,
als hätte ich ihm farnzubleiben.

Das eichenartige Empfinden
ließ sich rein logisch nicht begrinden:
Was ließ nur meinen Puls so steigen?
Was gab mir Anlaß, Angst zu zweigen?

Ich machte astig mich von tannen,
um meine Nerven zu entspannen.
Unlaublich, doch die Ruhe fand
ich wieder erst am Waldesrand:

Ich fühlte, so erkannte ich,
beschattet von den Bäumen mich.

Der Baum ist tot, mein Freund!

Mein Freund, der Baum, ist eine Leiche.
Stumm liegt sie da, die deutsche Eiche,
die – eben noch in vollem Saft –
urplötzlich ward dahingerafft.

Der alte Baum, der Jahr um Jahr
mein treuester Begleiter war,
er weilt nicht mehr an diesem Ort.
Demnächst parkt hier mein Freund, der Ford.

Männliches Kleintierlexikon von Ameis bis Zikad
(Ein Ausschnitt nur aus jener schieren
Vielfalt an Alphabetieren)

Der Ameis in der Erde lebt
und mehr noch, als er selbst wiegt, hebt.

Hoch durch die Lüfte fliegt der Bien,
hübsch quergestreift: So kennt man ihn.

Er heißt »El Cucaracho«, aber
man nennt ihn auch den Küchenschaber.

Ein andres Wort für Bien ist Drohn;
er plagt sich redlich ohne Lohn.

Der Eintagsflieger denkt: »So'n Mist!«,
wenn montags er geboren ist.

Um meinen Kopf, da summt der Flieg
solange nur, bis ich ihn krieg.

In milden Nächten zirpt der Grill;
wenn's kalt ist, ist er meistens still.

Wo denn genau nun der Horniss
sein Horn versteckt, ist ungewiß.

Es hütet noch ein Bien – der Immer –
im Bienenstock das Kinderzimmer.

Es fehlt mir ein Insekt mit J.
Beschwert euch gleich beim lieben Gott.

Noch lang nicht darf der Käferlarv,
was ein erwachs'ner Käfer darf.

Eins ist wohl sicher: Der Libell
wär' ohne Flügel nicht so schnell.

Von deinem Blut, da trinkt der Mück
nicht mehr als einen wünz'gen Schlück.

Der Nacktschneck ist nicht nackig – bloß
ganz unbehaust, sprich: obdachlos.

»Es fehlt der Eintrag unter O.«
»Warum?« – »Mir fiel nichts ein.« – »Ach so.«

Der Pferdebrems heißt ganz verkehrt,
denn er beschleunigt noch dein Pferd.

Dort auf dem Boden, sprich: im Staub,
da kriecht den Weg entlang der Raup.

Gefährlich ist das Netz des Spinn:
Wer da hineinkommt, bleibt auch drin.

Auf Baumkuchen hat der Termit
an jedem Tage Appetit.

Hier fehlt mir ein Insekt mit U.
Wer meldet sich? Warum nicht du?

Auch wenn er Vogelspinner heißt:
Er spinnt nicht, nur damit du's weißt!

Fällt auf der Lauer mal der Wanz
von seiner Mauer, bleibt er ganz.

Bei X und auch bei Y
steht nix in meinem Lexikon.

Ganz wie der Grill spielt der Zikad
nicht mehr bei unter sieben Grad.

Die Professoren, die uns lehren,
daß diese Tiere weiblich wären

und nicht von männlichem Geschlecht,
sie irren sich. Denn ich hab recht.

Ode an die Kakerlake

Dir, der du in der Küche schabst
und dich an Speiseresten labst,
und von dir gibst ein lautes »Knack!«,
wenn man dich trifft, dir, Kakerlak,
dir, Cockroach, Cucaracha, dir
gilt unser Lob, dich preisen wir!

Denn *du* wirst noch dein Haupt erheben,
wenn *wir* schon alle nicht mehr leben,
weil unser ABC der Waffen
es schaffte, alles hinzuraffen.
Nur dich allein wird dies nicht kümmern:
Du krabbelst dann hervor aus Trümmern
der einst so stolzen Prunkgebäude
mit unverhohl'ner Schabenfreude.

Blauerhahn

Die Auerhennen sauer war'n
auf ihren Happy-Hour-Hahn:

Kam er nach Hause sturzbesoffen,
war auf's Besteigen nicht zu hoffen –
er kotzte höchstens wie ein Reiher
auf frisch gelegte Auereier.

Statt Nachwuchs gab es Zweierlei:
’ne Auereier-Sauerei
und von dem Dauerblau-Kapaun
total frustrierte Auerfrau’n.

Von Menschen und Mäusen

Die Würde ist den Katzen eigen:
Durch Contenance und Haltung zeigen
sie uns genau: Was sie auch sehen,
kann nicht auf ihrer Stufe stehen.

Wenn sie uns zu Füßen sitzen,
vermögen sie aus Augenschlitzen
mit schwer gelangweiltem Miauen
von dort auf uns herabzuschauen.

Drum sieht man ab und zu die Katzen
sich fassungslos die Köpfe kratzen,
weil wir, die Diener dieser Miezen,
sie immer duzen, statt zu siezen.

Von Vögeln und Hochzeiten

Sehr freizügig nach: Ein Vogel wollte Hochzeit machen

Ein Vogel wollte Hochzeit machen / in dem grünen Walde,
Fidirallala, fidirallala etc. etc.

Sogleich eilt nun die Vogelschar / in die Flamingo-Go-Go-Bar.
Die Braut hebt flugs ihr Federkleid / und macht sogleich die Beine breit.
Und damit macht sie allen klar: / Sie ist und bleibt ein Porno-Star.
Es wird nach dieser Schau der Braut / der Ruf nach einer Orgie laut.

Vor Geilheit platzt dem Wiedehopf / auch schon der erste Hosen-
knopf.
Die Möwe öffnet mit Geschick / die Schenkel für den Möwenpick.
Die Drossel greift Herrn Amsel / von hinten ans Gebamsel.
Die Lerche kommt dem Eichelhäher / und damit seiner Eichel
näher.

Kaum sind die Bordsteinschwalben heiß, / schon flöten sie zum
halben Preis.
Die Dommel schwenkt ihr Hinterteil / und macht den Papagei-
gei-geil.
Den Sperling fragt die Krähe, / ob nicht sein Ding bald stehe.
Frau Reiher sagt zum Raben: / »Ich wäre noch zu haben ...«

Ein jeder ruft: »Mein lieber Schwan!«, / zeigt der sein großes
Lustorgan.
Entblößt den Schwanz der eitle Pfau / freut sich darüber Mann
und Frau.
Den Damen stellt der Kondor / gern seinen langen John vor.
Die Elster und die junge Gans / vergnügen sich am Schwalben-
schwanz.

Es findet bald der alte Kauz / ein junges Küken und versaut's.
Er liebt es, zarten Tauben / die Jungfernschaft zu rauben.
Der Dompfaff nimmt die Meise, / und sie stöhnt dabei leise.
Ein jeder weiß: von hinten hat's / am liebsten so ein süßer Spatz.

Die Kerbe von Frau Sperber, / die braucht es etwas derber.
Zu Recht benennt den Pinguin / man um in »Cunnilinguin«.
Ein Spanner ist der Auerhahn, / er sieht sich das genauer an.
Der Kiebitz schaut dem Kakadu / und seinem Ledermacker zu.

Mit jedem treibt's Frau Pelikan: / Sie ist pervers und nymphoman.
Vorm Adler kniet devot der Specht / und wäre gern sein Stiefelknecht.
Der Hühnerhabicht leckt dem Huhn / genußvoll an den Stöckel-
schuhn.
Die Eule peitscht den Uhu, / und der ruft freudig: »Juhu!«

Der Kuckuck läßt von Dohlen / sich gern den Arsch versohlen.
Das Schamhaar fehlt der Frau Fasan: / Es wächst nichts auf der Autobahn.
Man staunt: Es bleibt der Bussard / auch noch nach dem Erguß hart.
Beim Gockel, müde vom Verkehr, / steht selbst mit Cockring gar nichts mehr.

Am Morgen man nach Hause hinkt: / Man wurde kräftig durchgefinkt.
Und dieses kleine Lied beweist / warum der Vorgang »Vögeln« heißt.

Der traurige Elefant

Es war im Zoo ein Elefant
in Liebe zu 'ner Frau entbrannt.
So kam es, daß, wann immer sie
sich näherte dem dummen Vieh,
er daraufhin errötete
und Liebeslieder trötete
für seine Angebetete.
Doch wie er auch trompetete,
es glückte seinen Liebesschwüren
ganz einfach nicht, ihr Herz zu rühren.

Sie war ein Mensch – das sah er ein.
Doch deshalb aufzugeben? Nein,
das kam ihm nicht in seinen Sinn.
Er ahnte, daß mit seinem Kinn,
mit seiner Nase, seinen Ohren
von vornherein die Schlacht verloren,
und wußte: »Ich erobre sie
nur durch die Schönheitschirurgie!«

Nachdem er dann zu sechs Terminen
in einer Praxis war erschienen,
war er von einem Menschen nicht
zu unterscheiden im Gesicht.
Der Anzug saß – ihm stand das Grau –
und richtig: Er bekam die Frau!

Ein Happy-End für ihn. Doch wir?
Wir litten unter diesem Tier,
das daraufhin für sechzehn Jahr'
der deutsche Bundeskanzler war.

Vielleicht

Es stelzte durch den kleinen Weiher
der Storch – vielleicht war's auch ein Reiher.
Im Weiher nun fraß dieser Strolch
den Frosch – vielleicht war's auch ein Molch.

Es heißt, der Reiher kam zum Morden
von Süd – vielleicht war's auch von Norden.
Und er verließ danach sogleich
den See – vielleicht war's auch ein Teich.

So ward der Frosch davongetragen
im Schlund – vielleicht war's auch der Magen.
Und über ihn schrieb dies Gedicht
Herr Goethe – nun, vielleicht auch nicht.

II. Der Ölkernig

Das Weltwunder

Man fand auf Rhodos unverzichtbar,
daß dort am Hafen, weithin sichtbar,
ein Kunstwerk zu errichten wäre,
und zwar dem Sonnengott zur Ehre.

Doch leider fand wohl Helios
nicht viel Gefallen am Koloß:
Er schmolz ihn, bis am Ende bloß
noch übrigblieb ein Bronzekloß.

Heut wird der Klumpen gegen Geld
in Kunstmuseen ausgestellt,
mit einem Hinweisschild dabei,
daß dies der Kloß von Rhodos sei.

Beim Betrachten der Venus von Milo

Dein vielgerühmter Schenkel, Aphrodite,
der macht mich, wenn ich ehrlich bin, nicht an.
Na gut, der hat zwar keine Cellulite,
ansonsten aber ist da nicht viel dran.

Na, und die Brüste säh'n im Büstenhalter
auch viel erotischer als ohne aus.
Der Po, die Hüften? Furchtbar! Dein Gestalter,
der hatte wohl nicht ganz den Bogen raus.

Dir fehlt doch was, drum hab ich nie verstanden,
was eigentlich man in und an dir sieht.
Wie kamen dir die Arme denn abhanden?
Ob man mit Absicht sie dem Blick entzieht,

weil die Zensur zumeist in solchen Fällen
geneigt ist, uns das Schlimmste zu erspar'n?
Ich wage mir ja gar nicht vorzustellen,
wie häßlich deine beiden Arme war'n!

Ritter, Tod und Teufel

Unbehaglich war das Leben,
als die Christen ehedem
mit den Muselmanen spielten
»Reise nach Jerusalem«.

Man marschierte viele Wochen
und kam bis nach Nürnberg bloß.
Manchem schien, wie er's bedachte,
die Entfernung doch zu groß.

Ritter Wenzel war so einer,
der zudem noch Rüstung trug.
(Wie auch heute, hatte damals
man sein Kreuz schon mit dem Zug.)

Folgen wir ihm unauffällig:
Seht, da faßt er den Entschluß,
daß sein Papst die heil'ge Stätte
ohne ihn befreien muß.

Als der Ritter ohne Tadel
heimwärts seine Schritte lenkt,
während er, ein Liedlein summend,
grade an nichts Böses denkt,

tippt der Tod ihm auf die Schulter –
Wenzel nimmt ihn einfach mit.
Unterwegs trifft man den Teufel,
und schon reisen sie zu dritt.

Vor dem Hause Albrecht Dürers
klopft das seltsame Gespann
an die Türe. Dürer öffnet
und schaut ernst das Trio an,

schaut von einem hin zum andern,
und dann fragt er unwirsch: »Nun?
Was zum Henker wollt ihr Typen?
Ich hab Wichtiges zu tun!

Ich soll ein Paar Hände zeichnen
für's Theater dieser Stadt –
auf ein Schild, das, hochgehalten,
zeigt, wann man zu klatschen hat.«

Darauf, wie aus einem Munde,
sprechen die Gesellen: »Ihr,
Meister, sollt uns Dreie malen,
denn nur darum sind wir hier.«

(Auch im finstren Mittelalter
ohne Fotoapparat
galt der Grundsatz: »Bilder machen!«,
wenn man eine Reise tat.)

Aber Dürer, ob der Störung
schon ein wenig ärgerlich,
schließt die Türe mit den Worten:
»Leute, ihr habt doch 'nen Stich!«

Dieser Stich ziert heut die Wände
in den Kunstmuseen. Ende.

Beschnittene Kunst

Daß Erotik kurzerhand
ward verteufelt und verbannt
aus der Kunst und der Kultur,
dafür sorgte die Zensur:

Schaut man heut sich Bilder an
von Gauguin und von Cézanne,
Dalí, Spitzweg, Klimt und Klee,
sieht man Schweinereien? – Nee.

Aber was entgeht dabei
jedem Freund der Malerei!
Wer erinnert sich denn noch
an den Porno von van Gogh:

»Selbstbefriedigungsportrait«?
Oder Claude Monet! Wo säh'
heute man die schonungslose
»Impression aufgeh'nde Hose«?

Wo sieht man – statt betende –
Albrecht Dürers »Knetende
Hände« noch im Original?
Hängt in irgendeinem Saal

noch die »lesbische Sybille«?
Nein! Verschämt, in aller Stille
hängte man das Bild aufs Klo.
Armer Michelangelo!

Zeigte Bilder man wie diese,
– glaubt mir, Freunde! – dann bewiese
ungeahnte Quotenstärke
plötzlich »100 Meisterwerke«!

Red Bull verleiht keine Flügel

Kulturskandal in Andernach!
Vor ausverkauftem Haus
fiel mangels Instrument das Bach-
klavierconcerto aus.

Der Künstler hat Red Bull verklagt.
Der Grund für diesen Streit:
Die Firma hatte zugesagt,
daß man ihm Flügel leiht.

Im Recht ist hier der Pianist,
drum wird der Slogan jetzt,
damit er ganz eindeutig ist,
durch folgendes ersetzt:

»Red Bull (hier: das Getränk) verleiht
zwar Flügel, jedoch nicht
sofern von Flügel insoweit
man als Piano spricht.

Auch gilt der Ausdruck des Verleih'ns
soweit erwähnt hierin
nur (siehe auch unter Punkt eins)
im übertrag'nen Sinn.«

Noch was: Hat jemand ein Klavier,
und braucht's nicht mehr, na dann
ruft unter 23 814
den Pianisten an.

Der Ölkernig

Wer reitet so spät und so fern von daheim?
Das ist der Mazola mit seinem Keim.
Er hält seinen Keimling sicher im Kern.
Es dränget die Zeit, und es taget von fern.

Und Ölkernig flüstert dem Knaben zu:
»Komm mit, wir eilen zur Schüssel im Nu.
Dort will ich dann baden und salben wohl
den Eisbergsalat und den Chinakohl.«

Und angstvoll ruft der Knabe sodann:
»Mein Vater, der Ölkernig spricht mich an!«
Doch der besänftigt: »Bei Nacht hörest du
der Käuzchen lockendes *Rucola, Ru*!«

Und wiederum der Ölkernig spricht:
»Komm mit zur Salatbar und fürchte dich nicht.
Sich noch zu wehren hat keinen Zweck!«
Und er wetzt schon sein Salatbesteck.

Dem Knaben wird bange, es packt ihn der Graus:
»Mein Vater, mein Vater, jetzt preßt er mich aus!«
Der Vater eilt heim, wie von Hunden gehetzt,
und erreicht so die schützenden Mauern zuletzt,

doch ist's, als zu Rosse dem Schlosse er naht,
zu spät. Da haben wir den Salat!

Lied von der Taucherglocke

Dort versinkt in Meeres Wellen
nun der Becher, ganz aus Gold.
Heut muß sich der Probe stellen
jener Jüngling, schlank und hold.
Schafft's: Begeisterung!
Doch beim zweiten Sprung,
da ertrinkt er. Ach, wie schade!
So kurz vor der Olympiade ...

Die Wachtel am Rhein

Wenn keiner wacht des Nachts, erschallt's
im dichten Dickicht deutschen Walds:
Ein »Wick-wick-wick!« so lieb und rein.
Was mag das für ein Vogel sein?
Lieb' Vaterland, magst ruhig sein,
Fest steht die Wachtel treu am Rhein!

Die Wachtel säuft auf ihrer Balz
den guten Wein aus Rheinland-Pfalz:
Hinein, hinein, das Achtel Wein!
Was fällt denn dieser Wachtel ein?
Sie muß total besoffen sein:
Fast steht die Wachtel schon im Rhein!

Aufgrund des Alkoholgehalts
wird ihr wohl schlecht. Na, jedenfalls:
Sie balanciert auf einem Bein
und ... reihert in den Rhein hinein!
Sie mag ja noch so niedlich sein –
fest steht: Die Wachtel ist ein Schwein.

Bei einem Wirte wundermild

Oft hab ich den Wirt gepriesen:
Immer, wenn ich hier gezecht
und an seinem Tisch gespiesen,
hab ein Lob ich ausgesprecht,

habe oft mein Glas erhoben
und dann auf sein Wohl getrinkt,
und als heimwärts ich gestroben,
hat der Wirt mir nachgewinkt.

Zu der Gattin, die längst ruhte,
heimlich heim ich endlich schlich,
die so lautstark schnarchen tute,
daß es schon für zweie rich.

Weil ich das Geheimnis wahrte
und auch stillzuschweigen schwor,
niemand je davon erfahrte,
niemand je mein Glück zerstohr.

Fürst von Metternich

Es traute Fürst von Metternich
der Vorschau auf das Wetter nich'
und pflegte darum beim Spazieren
stets einen Schirm mit sich zu führen

(ein Schirm, den Fürst von Metternich
gelieh'n von seinem Vetter sich).
So ging er fröhlich seiner Wege;
da kam ein Tier ihm ins Gehege.

Es war ein Irish Setter, sprich:
ein Hund, der auf von Metternich
durch Knurren ganz den Eindruck machte,
daß er zu beißen ihn gedachte.

»Oha!« dacht' Fürst von Metternich,
»noch einen Schritt, dann hätt' er mich!«
Den Regenschirm geführt als Degen,
konnt' er den Hund zur Flucht bewegen.

Und so erwies als Retter sich
der Schirm des Fürsten Metternich.
Der Fürst ziert heut zum Angedenken
die Etiketten von Getränken,

und voller Inbrunst schmetter' ich:
Prost! Auf – und mit – Fürst Metternich!

Neues von Fürst Metternich

Der alte Fürst von Metternich
nie auf sein Brot die Lätta strich;
Nicht, daß er dacht', sie würd' nicht munden –
sie war halt nur noch nicht erfunden.

Wie Herr Wondracek seinen Schatten traf

»Krawehl! Krawehl!« so rief der Wetterhahn.
Herr Wondracek fuhr mit der Straßenbahn.
Durch alle Fenster drang das Licht herein,
so daß er fast ersoff im Sonnenschein.

»Zu Hilfe!« rief der Schaffner, »Guter Gott,
zu Hilfe!« Hier war guter Rat Kompott:
Sein Hemd war nicht aus Sauerstoff genäht.
Sonnencremetorte? – Er war auf Diät.

Da warf ein Schatten gänzlich heldenhaft
sich über ihn mit allerletzter Kraft,
und rettete Herrn Wondracek die Haut.

Wenn wieder einmal nun der Himmel blaut,
dann geht Herr Wondracek – er lernte draus –
nicht ohne seinen Schatten aus dem Haus.

Die Röbenschröder-Gedichte

Herr Röbenschröder und die Klage

Herr Röbenschröder pflegte stets
zu seinem Nachbarn Knipp zu sagen,
wenn auf die Frage »Na, wie geht's?«
der nur zurückgab »Kann nicht klagen ...«:
»Dann geben Sie sich mehr Mühe!«

Herr Röbenschröder und die Suche

Herr Röbenschröder schaute sich
ins Maul, weil Knipp der Morgenstund'
hat nachgesagt schon öffentlich,
sie habe quasi Gold im Mund:
Gähnende Leere.

Herrn Röbenschröders seltener Gast

Herr Röbenschröder wartete zu Haus
auf einen Herrn mit Namen Unverhofft,
jedoch vergeblich, denn der Gast blieb aus,
obwohl Herr Knipp ihm schwor: »Er kommt recht oft.«
Doch nie zu ihm.

Herr Röbenschröder fährt Bahn

Herr Röbenschröder fuhr in vollen Zügen,
wo Gäste ihm nie einen Sitzplatz ließen.
Dies sei, laut Knipp, doch förmlich ein Vergnügen,
drum sollte er sein Leben dort genießen.
Warum bloß?

Herr Röbenschröder im Urlaub

Herr Röbenschröder schrieb auf Sylt
an Knipp daheim in Rheinland-Pfalz:
»Dein frommer Wunsch hat sich erfüllt!
Ich brach ein Bein mir und den Hals.«
Tja, Glück gehabt …

Herr Röbenschröder am Rande

Herr Röbenschröder wartete am Rand
der Grube, die man grub zwecks Bauarbeit.
Den Bauarbeitern, während er dort stand,
bot sich zum Reinfall oft Gelegenheit,
doch niemand fiel.

Herr Röbenschröder ruft hinein

Herr Röbenschröder stand auf einer Lichtung,
weil er dort Knipps Behauptung prüfen wollte.
Drum rief er mehrmals in des Waldes Richtung,
jedoch das Echo, welches folgen sollte,
blieb aus.

III. Irrwege der Liebe

Ich Rübe dich!

Ach, ich kann plötzlich nicht mehr hecheln,
ich meine heucheln. Speicheln? Sprechen!
– seh' ich dich, so wie grade, lächeln,
weil mir dann Herz und Zunge blechen …
äh, blitzen. Brutzeln? Brezeln? Brechen!

Und ich kann plötzlich nichts mehr Sachen –
Quatsch, sacken. Socken? Sogen? Sagen!
– hör ich dich, so wie grade, lachen.
Was soll ich nur dagegen Magen,
nein, mögen. Mücken? Macken? Machen!

Du, die du Flegel mir verlost –
verlaust! Nein: Flügel mir verleihst,
weil du mir Kopf und Wert verdrohst,
nein: Wort verdrehst – wär' es zu dreist
zu fragen, ob du wüst, äh, weißt,

daß ich erdudle Höllenquarzen?
Warum vergelblich noch verstechen,
was ich doch Fäule? Warum Warzen?
Ich Rübe dich von ganzem Harzen,
so rief' ich gern, jedoch: Ich Kranich schwächen.

Dies ist kein Liebesgedicht

Wenn ich Gedichte dir von Liebe schicke,
sagst du mit Recht, das wäre doch nicht schicklich.
Drum sei verbannt aus meiner Augen Blicke
der Liebe Wunderwirkung augenblicklich.

Ich darf dich mit der Rose nicht vergleichen
(du, Rosige, bleibst darum unvergleichlich!),
darf niemals dir die Hand in Liebe reichen,
und hätt' ich auch der Gründe dafür reichlich.

Ich darf nicht rühmen deine holden Züge,
und seien sie auch, ach, noch so vorzüglich:
Wenn meine Zeilen solch Bedeutung trügen,
so wäre wohl dein Blick dafür untrüglich.

Ich könnte mich aus lauter Leid entleiben,
so leid ich, Liebliche, und lieb dich leiblich.
Na gut, ich darf dir nichts von Liebe schreiben,
dann liebe ich dich eben: Unbeschreiblich.

Nachtäglich

Bin ich zuletzt allein mit mir
zur lauen Abendstunde,

dann folgen die Gedanken dir
noch nach wie junge Hunde.

Warum, fragst du, leg ich sie nicht
wie Hunde an die Leine?

Zu spät dafür. Du legtest mich,
du Schöne, schon an deine.

Werdegang

So wie das kleine Rädchen
wird einst zum Rade,
so wird das kleine Mädchen
zu einer Frau.

So wie aus einem Bettchen
wird einst ein Bett,
so wird aus einem Frettchen
dereinst ein Pelz.

Hier ist ein stilles Plätzchen,
du schöne Frau.
Komm, lassen wir die Mätzchen –
kriegst auch den Pelz.

Überschrift Doppelpunkt Diktat

Wie soll ich dich denn nur erreichen
Komma Geliebte Fragezeichen
Denn ich gestehe Doppelpunkt
Es hat bei mir schon längst gefunkt
Punkt dann Absatz neuer Satz
Laß dich umarmen Komma Schatz
Ausrufezeichen neue Zeile
Bis ich in deine Arme eile
Komma träum ich nur von dir
Semikolon schreibe mir
Punkt Mein Herz Gedankenstrich
es rast und brennt und schlägt für dich
Komma nur für dich allein
Ausrufezeichen Absatz Dein
Verehrer Klammer auf dann groß
Verwirrt Komma und ruhelos
durch dich Komma Geliebte du
Ausrufezeichen Klammer zu

Gute Besserung!

Wie man auch auf die Liebe schimpft:
Man ist dagegen nicht geimpft –
ein Kuß genügt schon, et voilà!
Die Liebe ist wie Ebola:
Hat man Kontakt mit dem Erreger,
muß man ins Bett. Mit einem Pfleger.

Meist steckt das Fieber noch nach Wochen
dem Infizierten in den Knochen.
Und für all jene, die da lieben,
hat folgendes der Arzt verschrieben:
Behandeln Sie den Kranken pfleglich
und nehmen Sie ihn dreimal täglich.

Irrwege der Liebe

Nun, mit der Liebe ist's doch so:
Der Mensch ist Daniel Drüsentrieb,
nicht Julia und Romeo.

Wenn du noch glaubst, auf ewig blieb'
man dann ein Paar, dann sagt das viel
darüber aus, daß im Prinzip

du ein kompletter Trottel bist,
denn ewig ist's das alte Spiel:
Verliebt, verführt, vernascht, verpißt.

Nichts geht mehr

Rien ne va plus, seit du fort bist.
Nichts geht mehr. Ich sagte: »Dann geh!«
Obwohl du nicht da, sondern dort bist,
tust du mir – phantomschmerzend – weh.

Rien ne va plus auf die Nerven,
als wieder alleine zu sein.
Die Straßenlaternen, sie werfen
auf mich viel mehr Schatten als Schein.

Rien ne va plus durch den Kopf noch,
dumpf taumelnd durchs Menschengewühl.
Die Nelke verwelkt mir im Knopfloch,
und in mir verwelkt ein Gefühl.

Die Bar

Die Bar. Und einer sitzt darin. »Ja,
für mich noch eine Caipirinha«,
sagt er zum Kellner. Dieser bringt
ihm das Bestellte. Eine singt
den Blues, und er, er kann ihn fühlen.

Er hockt da, zwischen leeren Stühlen;
die Happy Hour ist längst um.

»Wie kriege ich sie denn nur, Rum?«
fragt er den Cocktail ungeduldig.
Doch der bleibt ihm die Antwort schuldig,
weil er, das sei hier klargestellt,
natürlich *keinen* Rum enthält.

Am Tresen

Das Schnabeltier trinkt nur Schnablis,
gekühlt, aus einer Schnabeltasse.
Und woraus, bitte, trinken Sie?

Die Schabe trinkt Kakerlakao
mit Sahne aus der Schabeltasse.
Was trinken Sie denn, schöne Frau?

Aus einem Spuknapf trinkt der Geist
am liebsten geistige Getränke.
Ich? Geistlos? Na, das ist ja dreist.

Ein Dschinn trinkt Gin. Und eine Fee?
Drei gute Pünsche, wie ich denke.
Sie wünschen sich …? Na gut, ich geh.

Wer je geliebt
Ein Trinklied

Wer je geliebt ein Mägdelein,
ein Mägdelein wie dich,
der hat gelernt das Traurigsein,
das Tri-, das Tra-, das Traurigsein,
das Traurigsein wie ich.

Doch wer gern trinkt den roten Wein,
und trinkt mit mir auf dich,
der kann auch wieder lustig sein,
so li-, so la-, so lustig sein,
so lustig sein wie ich.

Drum schenket noch ein Gläschen ein,
ein Gläschen ein für mich!
Es wird sogleich geleeret sein,
geli-, gela-, geleeret sein,
und voller werde ich!

Als ich einmal mit einer Frau,
die ich im Kölner Karneval kennenlernte,
eine spontane Weltreise unternahm

In Wien, da küßt' ich ihre Hand,
was Lisa ganz bezaubernd fand.
Dann streichelte ich Lisas Knie
im Strandcafé in Rimini.

Ich wollte mehr in Malibu,
sie sagte: »Wart' bis Bali, du ...«
Enttäuschung auch in Eschnapur –
von Kamasutra keine Spur.

Desgleichen hofft' ich in La Paz
vergeblich bloß, da ginge was.
Nicht anders dann in Amsterdam:
Dasselbe Null-Aktions-Programm,

so daß ich in San Salvador
allmählich die Geduld verlor.
Ich grübelte in Budapest,
wann mich mal ran das Luder läßt,

doch durft' ich auch in Marrakesch
ihr noch nicht an die Unterwäsch'.
So merkt' ich erst in Sansibar,
daß Lisa eine Transe war.

Drum fahre ich nach Singapur
recht skeptisch jetzt mit Inga nur.

Die Wahrheit über Herrn Neuhaus

Es war der alte Casanova
ein Weiberheld, ein Super-Lover, ein Hengst, wie er im Buche steht.
In seinem Buch stand ja geschrieben,
er könne ohne Pausen lieben, in einem durch, von früh bis spät.

Auch kämen, stand da noch zu lesen,
von überall die zarten Wesen, damit er alle sie beglückt.
Und dieses Buch, das lasen Damen,
und jene, die es lasen, kamen – das heißt, genauer ausgedrückt:

Sie kamen nicht mehr, las man so was,
raus aus dem Lachen – Casanovas Reputation als Frauenheld
traf zu: Denn keuchend vor Vergnügen
sah Damen man am Boden liegen, doch nicht so, wie er's darge-
stellt …

Dicke Titten

Was schätzt ein Mann besonders bei den Frauen?
Was zwang noch jeden magisch, hinzuschauen,
wenn beinah sie dem Dekolleté entglitten?
Dicke Titten.

Was ließ Russ Meyer oft und gerne schwingen?
Und was ersetzt zumeist Talent zum Singen?
Was hilft bei schlechten Zähnen, selbst den dritten?
Dicke Titten.

Ob nun privat, ob öffentlich und rechtlich:
Ihr Umfang wächst im Fernsehn ganz beträchtlich.
Und wer sie nicht hat, der wird aufgeschnitten –
Dicke Titten.

Heines »Neuer Frühling VI«, erotisiert

Leise zieht durch mein Gemächt
liebliches Geläute –
Frühling naht. Mein lieber Specht!
All die scharfen Bräute!

Streck dich, Glied, genug gedöst!
Wenn du durch das stete
Schwellen an die Hose stößt,
grüße mir die Nähte!

Der Stehrock

Es wird der Stehrock, den man trägt,
zum Gehrock, wenn man sich bewegt.

Der Steller ist viel wirkungsvoller,
sobald er rollt: Er wird zum Roller.

Das Stehrad wird zum Fahrrad erst,
wenn du tatsächlich damit fährst.

So zieht die Absicht zur Bewegung
man schon beim Namen in Erwägung.

Und das trifft überall zu. Außer
beim Ständer. Der heißt nicht Rein-Rauser.

Die Ballade vom Ritter Franz und seinem Mädchen, dem Gretchen

Es war einmal im Land der Lappen,
da lebte Ritter Franz,
der hatte einen treuen Knappen
und einen großen Schwa ... rzen Rappen
und eine lange Lanz'.
Wer wollt' was andres sagen,
der schweige besser ganz:
Er hatte einen schwarzen Rappen
und eine lange Lanz'.

Zu Gretchen, die fast achtzehn Jahre,
sprach er: »Drei Tage noch,
dann frei' ich dich, du Wunderbare!«
und spielte mit dem Lo ... ckenhaare,
das so verlockend roch.
Es fände Franz was Bess'res
zum Spielen wohl, und doch:
Er spielte mit dem Lockenhaare,
das so verlockend roch.

Doch Gretchen schluchzt' mit bangem Beben,
von Tränen fast erstickt:
»Bald will man mich dem Drachen geben,
von dem werd' ich gef ... ressen, eben
sobald er mich erblickt!«
Es täte so ein Drache
auch nichts, was sich nicht schickt!
Von dem würd' sie gefressen, eben
sobald er sie erblickt.

Franz rief: »Noch gibt es Hoffnungsschimmer,
daß du nicht sterben mußt!
Drauf trinken wir! Mich dürstet immer,
drum zeig mir deine Bru ... nnen nimmer:

Auf Rotwein hab ich Lust!«
Ihr dachtet an was andres?
Das hab ich wohl gewußt!
Doch zeigt sie ihm die Brunnen nimmer,
auf Rotwein hat er Lust.

So nahm die Maid vom besten Weine
und füllte ihm das Glas.
Franz flüsterte: »Wir sind alleine,
drum setz dich her und bl…eib, du Kleine,
ein Weilchen hier im Gras.«
Was sollte sie wohl machen,
als sie so bei ihm saß?
Es setzte sich und blieb die Kleine
ein Weilchen dort im Gras.

Sie legte ihren Kopf an seinen
und seufzte: »Franz, mir deucht,
wenn dieser Drache wird erscheinen,
dann werde ich ganz f…urchtbar weinen!
Wie sehr ich Beistand bräucht'!«
Was unrein an Gedanken,
das werde gleich verscheucht!
Dann wird sie wohl ganz furchtbar weinen!
Wie sehr sie Beistand bräucht'!

So wachte Franz beim Gretchen immer
in ihrem Schlafabteil.
Sie sprach: »Der Anlaß ist ein schlimmer,
doch ich bin schrecklich ge…rn im Zimmer
mit dir die ganze Weil'.«
Und was sie noch gewesen,
sag' ich mit keiner Zeil'.
Sie war so schrecklich gern im Zimmer
mit ihm die ganze Weil'.

Der Drache kam mit Zähn' und Krallen
und hat die Maid erschreckt.
Sie ist in Ohnmacht gleich gefallen,
denn er hat sie gel... obt: Von allen
sie wohl am besten schmeckt.
Woher er dieses wußte,
das hat man nie entdeckt,
doch hat er sie gelobt: Von allen
sie wohl am besten schmeckt.

Sie war die schönste aller Bräute,
die je gesehen ward!
Der Drache rief: »Welch hübsche Beute!
Ich bin auch schon ganz h... ungrig heute!
Ich hoffe, sie ist zart.«
Tagein, tagaus zu fressen,
das ist der Drachen Art –
er sprach: »Ich bin ganz hungrig heute!
Ich hoffe, sie ist zart.«

Franz drohte: »Rück ihr nicht zuleibe!
Scher dich hinfort! Marsch, Marsch!«
Der Drache drauf: »Ach was, ich bleibe –
auch mir gefällt ein Ar... tig' Weibe!«,
klang seine Stimme harsch.
Es sind in ihrer Sprache
die Drachen oftmals barsch:
»Auch mir gefällt ein artig' Weibe!«,
klang seine Stimme harsch.

Franz schrie: »Halt deinen Mund, den losen!
Hier zählt nicht dein Geschmack!«
Berauscht von den Spirituosen,
trat er ihm in den S... eidenhosen
entgegen und im Frack.
Und die, die andres sagen,
die treiben Schabernack:

Er trat ihm in den Seidenhosen
entgegen und im Frack.

So konnte er das Biest verjagen
durch den Verzweiflungsakt,
und Gretchen konnt' das Brautkleid tragen,
und war darunter na... ch Behagen
in Wolle warm verpackt.
Obwohl ein prasselnd' Feuer
im Ofen zischt und knackt,
war sie darunter nach Behagen
in Wolle warm verpackt.

Noch heute leben beide froh, da
das Biest war ausgetrickst,
und oft denkt dran das Gretchen, oder
auch Franz, wenn er sich wi... skey-Soda
an seiner Hausbar mixt.
Drum denk an dieses Märchen,
wenn du einmal erblickst,
wie auch dein Mann sich Whiskey-Soda
an seiner Hausbar mixt.

IV. Moralisches

Die unerträgliche Losigkeit des Schlafs

Wenn nachts man mangels Schlaf sich quält,
dann hilft es, wenn man Schafe zählt.
So liegt man nun im Bette
und zählt sie, aber durch ihr »Mäh!«
erschreckt man sich, erhebt sich jäh,
und denkt nur: Schlaftablette.

Man holt sie und ein Wasserglas
und reicht die Medizin zum Fraß
den penetranten Schafen.
Bald sind sie alle eingenickt;
man selbst, weil man nicht mehr erschrickt,
kann endlich ruhig schlafen.

Moral:
Oft kommt es vor, daß ein Produkt
auch hilft, wenn man's nicht selber schluckt.

Quod licet Zahnarzt, non licet Kind

Schon in den frühen Kindertagen,
da hörte man die Mutter sagen:
»Ogottogott, wie ungesund!
Nimm deinen Daumen aus dem Mund!«

Recht früh beginnt man sich zu fragen,
warum sich Mütter nie beklagen,

wenn du zum Zahnarzt geh'n mußt, und
hast *seine* Finger dann im Mund.

Als Zahnarzt darf man sich betragen
wie sonst nur ungezog'ne Blagen,
als Doktor lebt aus diesem Grund
man mit – und von – der Hand im Mund.

Moral:
Hast du als Zahnarzt promoviert,
dann lebt sich's völlig ungeniert.

Halali

Klaus ist am Platz der größte Hirsch
und geht im Porsche auf die Pirsch.
Heinz-Rüdiger geht auf Safari
dagegen lieber im Ferrari.

Björn geht auf Hatz im Maserati –
»gesponsert«, steht darauf, »von Vati«.
Und nimmt Frank-Stefan wen aufs Korn,
stößt er im BMW ins Horn.

Sie fangen Nacht für Nacht die Hasen,
wenn sie so durch die Straßen rasen,
bis keine übrig bleibt für Ingo –
der Arme fährt nur einen Twingo.

Moral:
Man sieht, die Wahl der Waffe trägt
viel dazu bei, was man erlegt.

Ausnahmen bestätigen die Regel

Die Neigung geht, bald Hü, bald Hott,
mal hin zum Teufel, mal zu Gott:

Wie plagen uns doch die Hormone:
Man kann nicht mit, man kann nicht ohne,
und wenn erst Fleisch an Fleisch entbrennt,
der schwache Geist kein Halten kennt.

Man bricht bedenkenlos Gebote,
dann aber bricht man wieder Brote,
dann aber heißt's: »Herr Jesus, komm,
sei unser Gast«, und man ist fromm.

Und die Moral von dem Gedicht:
Grad diese hat so mancher nicht,
der fröhlich fremde Frauen knetet,
und, selbe Hände faltend, betet.

(Es sei denn,
er ist Masseur.
Das kömmt vör.)

Schiff unter

Ich hab eben mich erkundigt:
Unser Schiff ist unten undicht,
und gibt nach das erste Schott,
dann säuft ab der gute Pott!

Kleine Boote, große Krise,
denn nun lautet die Devise:
Alle Mann ins Rettungsboot!
Echte Freunde in der Not

gibt es nicht – man ist sich schnuppe.
Nichts wie rein in die Schaluppe!
Niemand hier, der gern ertrinkt,
während die Titanic sinkt.

Onkel, Enkel, Ehegatten
werden sprichwörtlich zu Ratten.
Die Moral, sie lautet so:
Mit dem Schiff sinkt das Niveau.

Spitz, paß auf!

Es richtet gnä' Frau Schmitz sich her:
Heut macht man in Kultur;
das Staatstheater gibt Molière.
Herr Schmitz schaut auf die Uhr.

Nun aber rasch! Ein Griff zum Muff,
die Hände in den Schlitz,
und nur ein sehr gedämpftes »Wuff!«
zeigt an: Es war der Spitz.

Jawohl, es ist der arme Spitz,
der ihr die Hände wärmt,
und – ach! – zu spät bemerkt Frau Schmitz,
daß sie den Hund entdärmt.

Auch wenn sie die Verwechslung reut,
der Spitz, der ist perdu.
An seinem Stammbaum wird verstreut
die Asche Montag früh.

Ein Hund, so heißt hier die Moral,
ist weder Mütze, Muff noch Schal.

Aufstand der unteren Zehntausend

Vorwort

Wie das Kalb im eignen Saft, wie der Schweinskopf in Aspik,
wie der Hochseelachs in Öl lebt der Mensch in der Fabrik.

Wie die Made in dem Speck, wie der Mops im Paletot,
wie der Hecht im Karpfenteich lebt der Chef in dem Büro.

Hauptteil

Chef und Made, Hecht und Mops
kümmern nur die eignen Jobs,
Reingewinn und Wertzuwachs,
anstatt Schwein, Mensch, Kalb und Lachs.

Umsturz planen nun deshalb
Mensch und Schwein und Lachs und Kalb,
bald schon geht es ihnen schlecht,
Mops und Made, Chef und Hecht!

Ende und Moral

Lachs und Kalb und Mensch und Schwein
dosen diese Schurken ein:
Chef und Made, Hecht und Mops
werden Königsberger Klops.

Damit endet diese Mär.
Die Moral folgt hinterher:
Was du willst, das man dir tu,
tut dir keiner – außer du.

Final Destination

Der Tod steht schon am Bett und grient –
kein Wunder, er hat ja gut Lachen.
Er hat den Wecker mir vermint,
haha, und lauter solche Sachen.

Im Morgenkaffee ist Arsen
(zwölf Gramm auf etwa sieben Tassen).
In meiner Wanne liegt der Fön,
das Wasser ist schon eingelassen.

Mir kommt so langsam der Verdacht,
der Tod versucht mich umzubringen!
Das wird ihm morgens früh um acht
jedoch wahrscheinlich nicht gelingen.

Da hat Gevatter Hein doch glatt
geglaubt, mich so leicht dranzukriegen.
Womit er nicht gerechnet hat:
Ich steh nicht auf. Ich bleibe liegen.

Und die Moral: Man lebt viel länger
als Arbeitslosengeldempfänger.

Späte Reue

Dein Leben ist ein Jammertal –
um zu beenden diese Qual,
faßt du am Ende vor Verdruß
dir Herz und Strick: »Ich mache Schluß!«

Am Halse hängt nun dein Gewicht.
Du merkst: Erbaulich ist dies nicht,
und deine Meinung hat sich längst
geändert, als du hängst und denkst:

Den Abschied aus der schnöden Welt
hast du dir anders vorgestellt.
Hier oben, da erkennst du erst,
daß lieber du lebendig wärst –

jedoch zu spät kommt jede Reue,
und dein Gedicht ziert eine Bläue,
verursacht durch die Atemnot.
Nochmal gezuckt, und du bist tot.

Moral:
Wie gut, wenn du schon Einsicht zeigst,
bevor du auf den Hocker steigst.

V. *Leben ist*

Leben ist

Das Leben ist kein bunter Teller,
das Leben ist kein Muttertag,
das Leben ist ein grauer Eintopf,
von dem bekommt man Schlag um Schlag.

Das Leben ist kein Strandspaziergang,
das Leben ist kein Wunschkonzert,
das Leben ist nur was für Reiche,
die Armen bleiben ausgesperrt.

Das Leben ist kein Kindergarten
und ist kein Überraschungsei,
das Leben ist die letzte Scheiße
und leider viel zu schnell vorbei.

So tief

Wie man bei Bäumen hinter Rinden
und bei den Zwiebeln unter Häuten
das Innre sucht, ist man bei Leuten
bemüht, den wahren Kern zu finden.

So sucht man bei den Menschen – grade
bei jenen, die sich schöner malen –
den Inhalt unter ihren Schalen.
Und innen stößt man: auf Fassade.

Man gräbt noch tiefer. Mit der Zeit
erblickt man hinter ihr erneute
Fassaden, Schalen, Zwiebelhäute –
so tief geht Oberflächlichkeit.

Der Spiegel

Wenn du hineinsiehst, spricht er
das Urteil wie ein Richter.

Wenn du hineinschaust, sagt er:
Du wirst immer betagter.

Wenn du hineinblickst, macht er
Gesichter, und dann lacht er.

Wenn du hineinschlägst, bricht er,
und mit ihm die Gesichter.

Und hinterher, da zeigt er
zwar nichts mehr, dafür schweigt er.

Zwang

Was so ein Organismus muß:
Muß fressen, saufen, schlafen, scheißen.
Denn müßt' er's nicht, dann könnte er
genauso Organiskann heißen,
Organiswürde oder -tut,
Organismöchte ... aber gut,
wir müssen den Gedankengang
wohl auf ein andres Mal verschieben,
für einen Gang zum Klo. Na denn,
ich muß mal wieder. Tschüs, ihr Lieben!

Traumschlaf

Ich träumte einst, ich schliefe
und hätte einen Traum.
Mir träumte, daß ich liefe
und käm' vom Flecke kaum.

Ich ward so müd' vom Laufen,
wie Blei ward mir das Bein,
da mußt' ich mich verschnaufen
und schlief darüber ein.

Da träumte ich, ich schliefe
und hätte einen Traum …

Selbstgespräch per Post-it

Sitz ich daheim und denke: »So,
ich ruf mich selber an, gleich jetzt!«
– dann ist besetzt.

Und rufe ich von irgendwo
den Apparat zu Hause an
– geh ich nie ran.

Ich klingle oft an meiner Tür
und schau zu meinem Fenster rauf
– nie macht wer auf.

Ich spreche wohl nicht mehr mit mir.
Bin mir wohl fremd geworden. Doch
– ich schreib mir noch.

Der Fiskus

Post bekam ich morgens neulich, als der Himmel war noch
gräulich,
Post ist meistens unerfreulich, kommt sie vom Finanzamt her.
»Sind wohl Formulare«, dacht' ich, »die schickt mir's Finanzamt
her –
das allein, nichts weiter mehr.«

Doch statt Steuerformularen, die sonst drin enthalten waren,
droht' ein Schreiben mit Verfahren, da bereits gemahnt ich wär',
da laut Schreiben vom Finanzamt mehrfach ich gemahnt schon
wär –
Aufschub gäb' es nimmermehr.

Und ich las mit bleichen Wangen, das Finanzamt würd' verlangen
– da bisher nichts eingegangen –, daß die Steuern ich erklär',
daß die Steuern für die Jahre unverzüglich ich erklär' –
warten würd' man nimmermehr.

Doch den Ordner für die Steuern nahm ich statt Briketts,
den teuern,
um den Ofen anzufeuern; er verging im Flammenmeer.
Quittung, Kaufbeleg und Nachweis warf ich in das Flammenmeer –
existierten nimmermehr!

Doch wie groß war mein Entsetzen! Das Finanzamt ließ mich
schätzen.
Ich riß den Bescheid in Fetzen, warf dem Rest sie hinterher,
warf die Fetzen allem andern in den Ofen hinterher –
»Steuern zahl' ich nimmermehr!«

Das Finanzamt, das verdammte, schickte mir Vollzugsbeamte,
weil die Zahlung ich verschlampte, doch mein Portemonnaie war
leer,
als sie kamen, mich zu pfänden, war mein Portemonnaie schon leer –
Geld war darin nimmermehr.

Das Verfahren kann noch dauern, und nun läßt man mich versauern
hinter den Gefängnismauern. Und ich schulde ungefähr
den Behörden dreißigtausend. Dreißigtausend ungefähr –
und es werden immer mehr!

Nach St. Gallen

Zugegeben: In St. Gallen
könnte es mir schon gefallen.

Dahingegen kann St. Nieren
nicht zum Bleiben animieren.

Ich verbringe in St. Lungen
meine Zeit nur notgedrungen.

Gleichfalls kann man von St. Magen
wenig Positives sagen.

Und desgleichen sorgt St. Blasen
nicht gerade für Ekstasen.

Auch kann ich mich für St. Därmen
eher weniger erwärmen.

Ebenfalls gefällt St. Lebern
höchstens seinen Namensgebern.

Nein, es bleibt dabei: St. Gallen
ist die schönste Stadt von allen.

Bahnfahn
oder: Der schöne Fahrschein trügt

Muß ich mich wohin begeben,
nehm' ich nicht gern Züge, weil:
Wie doch überall im Leben
steckt auch hier der Teufel eben
im Abteil.

»Die ihr auf den Bahnsteig tretet,
laßt die Hoffnung fahr'n!« Doch man
wartet, hofft und bangt und betet:
»Liebe Bahn, komm nicht verspätet
bei uns an!«

Wenn sie nur mal pünktlich führen!
Davon sind sie weit entfernt.
Manche von den Passagieren
schon den Wunsch nach Rache spüren.
Doch man lernt,

mit Geduld sich zu begnügen.
Stetig nagt der Zeiten Zahn –
bald sieht in den letzten Zügen
man auch dich daniederliegen,
Deutsche Bahn!

Eh sie dich zur Ruhe betten,
wenn's auf Messers Schneide steht,
kommen wir, um dich zu retten,
aber – darauf kannst du wetten! –
auch zu spät.

Wenn einer eine Reise tut

Wenn einer eine Reise tut,
dann kann er was erzählen,
kann seine Gäste bis aufs Blut
mit Urlaubsdias quälen.

Wenn einer eine Reise macht,
dann will er was berichten,
weil Sehenswürdigkeit und Tracht
ihn wohl dazu verpflichten.

Daß einer eine Reise bucht,
um fernwärts zu enteilen,
ist schön – solang er nicht versucht,
all das mit uns zu teilen.

Sport ist eine Frage der Disziplin!

Im Tennis-Herrenmoppel wär' ich groß,
der Sieger wäre ich im Eisschnellkaufen,
im Gugelhupfen wäre ich famos
und Champion im Marathonverschnaufen.

Ich holte auch beim Händel-Stemmen Gold
und wär' im Hundert-Mieder-Kraulen spitze!
Die Disziplinen gäb's, hätt' Gott gewollt,
daß ich bei irgendeiner Sportart schwitze.

Drum schließe ich ganz klar aus ihrem Fehlen:
Ich soll wohl nicht zu den Athleten zählen.

Spatz paß auf!

Ich habe, seit ich dreißig bin,
'nen Hängebauch und Doppelkinn.

Und wer ist schuld daran? Ich weiß es:
Die sogenannte Midlife-crisis!
Sie heißt ja, übersetzt man diese
ins Deutsche: Lebensmittelkrise.

Aufgrund der Adipositas
riet mir mein Mediziner, daß
ich essen solle wie ein Spatz,
bevor ich aus den Nähten platz'.

Das leuchtet ein – bis man erfährt,
wie viel ein Spatz pro Tag verzehrt:
Das Fünffache seines Gewichts!
Ich war erstaunt, doch: »Sag mal nichts,

das wird schon stimmen«, dacht' ich mir.
Und das Ergebnis sieht man hier.

Gleichförmige Tage

Ich hör' das Rauchen auf. Bald. Irgendwann.
Ich stecke mir die nächste Kippe an.
Die andre stecke ich mir hinters Ohr.
Da ist es trocken, so wie mein Humor.

Ich bin nicht trocken, aber auf Entzug.
Der Tod steht auf der Schachtel – noch ein Zug –,
ich auf der Kippe. Längst schon abgefahr'n,
der Zug. Nur ohne mich. Und schon vor Jahr'n.

So abgefahren wie dein Neuer: Frank.
Ein Schrank von Kerl. Mehr ein Ikea-Schrank.
Selbst aufgebaut. Und eine Schraube fehlt.
Er spricht auch so geschraubt. Du sagst: Gewählt.

Gewählt hast du den Ochsen. Ich bin Krebs.
Kriegt man vom Rauchen. Doch ich überleb's.
Ich stecke mir die nächste Kippe an.
Ich hör' das Rauchen auf. Bald. Irgendwann.

Auch

An der Theke noch ein Helles
trinken: »Prost, auf dein Spezielles!«
und gleich hinterher noch eins
ist was Fein's.

Gute Freunde um sich scharen,
und dann runter mit den Klaren,
alle sind – was Wunder! – voll:
Das ist toll.

Hinterher dann mit der ganzen
Bande in die Disco, tanzen,
ein paar kotzen aufs Parkett:
Ja, ganz nett.

Vor der Tür den Letzten winken
und zu Haus alleine trinken,
kein Gebrabbel, kein Gedöns –
auch was Schön's!

Darauf noch einen

Wenn dir, egal wie schnell man trinkt,
der Wirt »Nommal daßßelbe!« bringt,

wenn einer, der dich links flankiert
'nen Wodka Gorbatschow spendiert,

und stellt der Wirt dir dann 'nen Gin
und einen Doppelkorn dahin,

dazu noch ein Glas Irish Cream
und einen doppelten Jim Beam,

und sagt dir dein rechter Nachbar: »Kumm,
hier haste 'nen Jamaika-Rum!«,

versucht dir dann der Typ daneben
auch noch Tequila auszugeben,

sprich: wenn dir Gutes widerfährt,
das ist 'nen Asbach Uralt wert.

Mit 66 *fahren*

Für Teenies ist man jenseits von der 20
schon ranzig,

und man gehört ins Altersheim mit 30.
Darauf scheiß ich.

Wer meint, man hätte keinen Spaß ab 40,
der irrt sich:

Man scheffelt massig Kohle, so bis 60,
und rächt sich:

Dann fährt man Benz. Den können sich die meisten
nicht leisten.

Man schleicht ganz cool vor ihnen her – mit 20 –
und entspannt sich.

Vergnügen?

Erst kommt die Arbeit und dann das Vergnügen?
Alles Lügen!

Von lange zum Brunnen gegangenen Krügen
lernt man: Am Ende, da darf man zum Dank
– schon selber am Ende, verbraucht, alt und krank,
ein Scherbenhaufen, nicht lang mehr auf Erden –
Rentner werden,
nichts mehr zu lachen und nichts mehr zu beißen.

Erst kommt die Arbeit und dann die Beschwerden –
so muß es heißen!

VI. Rundherum

Der empfindsame Dichter

Kladdatsch! Das nasse Herbstlaub knallt
mit voller Wucht auf den Asphalt –
wer schreibt denn, bitte sehr, Gedichte
bei solchem Lärm? Nein, ich verzichte!

Pardauz! Wie hab ich mich erschrocken:
Auf's Pflaster knallen weiße Flocken.
Von früh bis spät macht's Krach, wenn's schneit –
von wegen: »Stille Jahreszeit«!

Kawumm! Der Frühling sprengt sich frei!
Wie soll ich etwas schreiben bei
so einem Aufruhr?! Überall
zerspringt das Eis mit lautem Knall.

Radomms! Es fallen Sonnenstrahlen
im Sommer ein wie die Vandalen!
Nicht eine Zeile krieg' ich hin,
weil ich davon belästigt bin.

Kladdatsch! Da kehrt der Herbst zurück.
Geschrieben hab ich noch kein Stück.
Ein Herbstgedicht? Bin ich denn Heine?
Schreibt euer Scheißgedicht alleine!

Vorbei die heißgeliebten kalten Tage!

Vorbei die heißgeliebten kalten Tage!
Der Lenz bricht aus und droht mit Sonnenschein.
Der Schneemann tropft. Und in der gleichen Lage
ist meine Nase. Das soll schöner sein?

Der Winter hatt' den Vorteil mir zu bieten:
Ich mußte kaum ein Schnupftuch bei mir tragen;
Der Rotz war bald gefror'n zu Stalaktiten:
Ich ließ die Zapfen aus den Löchern ragen

und wirkte wie ein Walroß durch die Dinger –
so sparten manche Karten für den Zoo;
und Kinder leckten förmlich sich die Finger
nach Wassereis. Was war ich schadenfroh!

Wie trostlos ist dagegen doch der Mai!
Vorbei ist diese schöne Zeit, vorbei.

Krokodiler Frühlingsanfang

Die Sonne läßt die schönsten Strahlen gleißen.
Schon bricht ein Krokus aus von seinem weißen,
eiskalten Kerker, den der Schnee gebaut.
Man sieht nur Kroki, gleich, wohin man schaut –
sagt man das, Kroki? Muß es Kroken heißen?

Vom Eis befreit sind Bäche nun und Flüsse,
und mancher hat jetzt das Gefühl, er müsse
ein Loblied singen auf des Frühlings Band,
und fühlt befreit sich, fühlt sich gar krokant,
so wie die Kroki, Kroken und Kroküsse!

Ach, da gerade wir von Küssen sprechen:
Darf ich das Eis bei dir ein bißchen brechen?
– *Klatsch!* – Aua! Nein, das durfte ich wohl nicht;
na gut, dann kühle ich halt mein Gesicht
und auch mein Mütchen in befreiten Bächen.

»Na, wenigstens ist's gut«, denk' ich hernach,
»daß ich soeben nicht von Vögeln sprach ...«

Wieder da

Der Lenz ist da! (Auf Frühling fehlt der Reim.)
Den kalten Tagen folgen nun die heißen.
Von Süden kehren schon die Vögel heim,
um öffentlich auf Statuen zu scheißen.

Der Dichter sagt's: Die Bäche sind befreit,
und ab sofort gibt's Eis nur noch in Bechern.
Der Lenz ist da! Es gilt die Sommerzeit.
Die Häuser schwitzen unter ihren Dächern.

Der Lenz ist da! Das Leben ist ein Traum!
Es glitzern Nabelpiercings in der Sonne
umrahmt von Bauchfrei-Top und Hosensaum,
und man riecht wieder Müll aus jeder Tonne.

Die Wintersporturlauber sind zurück,
und man ritzt wieder Herzen in die Rinden.
Der Lenz ist da! Es gibt ihn ja zum Glück:
Gäb' es ihn nicht, man müßte ihn erfinden!

Wer keinen hat

Bald kehren Eisverkäufer heim in Schwärmen
aus sonnigeren, südlicheren Orten,
um uns das Eis von gestern aufzuwärmen,
mit Salmonellen in verschiednen Sorten.

In allen Eckcafés wird man dann fleißig,
und bald gibt's Kaffee draußen nur im Kännchen.
»Der Lenz ist da!« schreit der Kalender. Weiß ich,
nur: Vor dem Wetterhäuschen steht das Männchen.

Den Unkenrufen aller Wetterfrösche
zum Trotz sitz ich mit hochgelegten Beinen
im Garten, wo ich meinen Bierdurst lösche.
Der Lenz ist noch nicht da – ich mach mir einen.

Zu Mörike

»Frühling läßt sein blaues Band
wieder flattern«, schreibt der Dichter.
Doch es zieht der Herbst durchs Land,
und der macht es etwas schlichter.

Während nämlich Feld und Flur
ob des Blaubands jubilieren,
läßt der Herbst dagegen nur
eine Blues-Band musizieren.

»Frühling läßt sein blaues Band
wieder flattern«, dichtet einer.
Doch es zieht der Herbst durchs Land,
was der tut, berichtet keiner.

Denn er läßt all jene kalt,
die sonst gegen Hitze wettern.
Ab und zu macht er mal halt,
um die Pflanzen abzublättern,

aber sonst ist er dezent:
Keine Düfte, keine Harfen.
Nur im Laub man ihn erkennt,
das die Bäume von sich warfen.

Eduard, behalt den Lenz.
Lieber als der Possenreißer
ist die graue Eminenz
Herbst mir, und ihr Federweißer.

Wann ist Herbst?

Wenn die Bäume sich entblättern
und die Heizungskosten klettern,

wenn die Sonne, die sonst Licht macht,
schon um fünf den Laden dicht macht,

und wenn Amseln, Drosseln, Dohlen
nur schnell Zigaretten holen,

dann ist Herbst.

Rundherum

Der Herbst ist da – und mit ihm schlechtes Wetter.
Und alle Mücken sterben wie die Fliegen.
Von schwarzen Ästen stürzen sich die Blätter
und bleiben auf den nassen Wegen liegen.

Die Blätter stürzen sich von schwarzen Ästen
und bleiben liegen auf den nassen Wegen.
Nichts bleibt, als für den Winter sich zu mästen.
Bei Regen mag man sich nur selten regen.

Nichts bleibt, als sich zu mästen für den Winter.
Bei Regen mag man regen sich nur selten.
Hat einen Ofen man, bleibt man dahinter.
Hat keinen man, wird man sich schnell erkälten.

Man bleibt dahinter, hat man einen Ofen.
Man wird sich schnell erkälten, hat man keinen.
Bald naht die Zeit der Wetterkatastrophen –
der Mensch spürt sie schon jetzt in seinen Beinen.

Die Zeit der Wetterkatastrophen naht bald,
Schon in den Beinen merkt's der Mensch und spürt sie.
Schwer fällt ihm jeder Schritt. 's ist fast zwei Grad kalt.
Die krumme Haltung, her vom Rücken rührt sie.

's ist fast zwei Grad kalt. Schwer fällt jeder Schritt ihm.
Die krumme Haltung, sie rührt her vom Rücken.
Der Herbst ist da – und schlechtes Wetter mit ihm,
und wie die Fliegen sterben alle Mücken.

Schon wieder

Die Jahreszeiten drehen sich im Reigen.
Die Bäume, grad' ergrünt, sind schon entlaubt.
Der Herbst ist golden, ebenso das Schweigen.
Die Laune sinkt, die Heizungskosten steigen.
Wie war der Sommer? War er überhaupt?

Man kann sich seiner Wärme nicht entsinnen.
Auf Regen folgt nur Regen. Oder Schnee.
Bei zwei Grad minus bleibt man lieber drinnen.
Ach, eine Kreuzfahrt müßte man gewinnen!
So über Weihnachten nach Übersee.

Ja, so ein Urlaub würde sich schon lohnen:
Man läg' am Strand und äße Ananas.
Doch rösten wir mal wieder nur Maronen.
Wie gern würd' man in Honolulu wohnen
und wäre braun. Und nicht vor Neid ganz blaß.

Winterweiß

Herbst verhärtet sich zu Winter. Schon beginnt er
sein dezemberliches Treiben: Fensterscheiben
starren eisblumenverziert

Schalvermummten hinterher, die ungefähr wie
alte Eskimumien ausseh'n, wenn sie ausgeh'n,
deren Atem rasch gefriert.

Schritte, die um Ecken biegen, bleiben liegen.
Alles hinterläßt nun Spuren. Auf Konturen
wird die Umwelt reduziert:

Schnee macht alles etwas gleicher. Wie ein weicher
weißer Teppich, so belegt er meinen Weg, der
sich im Horizont verliert ...

Leise rieselt der Gips

Ganz winterlich ist die Natur:
Der Schnee, er rieselt leise nur.
Im Eise schweigt der See. Man starrt
verdutzt aufs Reh, das dort verharrt.
Was hat das Reh denn hier verloren?
Es ist vermutlich eingefroren,
denn es erscheint von Kopf bis Steiß
weiß.
Ich schleiche vorsichtig heran
und stupse es behutsam an –
es ist aus Gips! Und aus der Näh'
sieht's auch nicht aus wie'n echtes Reh.
Ein Imitat! Ich bin geschockt:
Wer hat mir das nur eingebrockt?
Und wer hockt heimlich hinterm Ginster?
Der Ringelnatz! Erst winkt, dann grinst er,
und ruft: »Ein Scherz nur, mit Verlaub«,
und macht sich schleunigst aus dem Staub.

Silvalentin

Das Jahr ist 'rum. Und wieder läßt er
Raketen steigen, der Silvester.

Da lassen sich Vergleiche zieh'n
zum Tag des heil'gen Valentin –

in beiden Fällen denkt man halt:
Mal wieder Tausende verknallt!

VII. Täglich Brot

Verbesserung

Am Anfang war gar nichts. Und Gott der Herr sprach:
»Nun werde es Licht!« Und es ward. Und danach
– genau wie zuvor – war da immer noch nichts.
Doch konnte man's endlich gut seh'n, dank des Lichts.

Die Vertreibung aus dem Paradies

Es hat, wenn man der Bibel glaubt,
uns Gott die Sterne angeschraubt,
er hat die Erde ausgesägt
und Wasserleitungen verlegt.

Dann hat der Herrgott für die Nacht
sich »Nacht« als Namen ausgedacht,
und »Tag« für Tag, »Land« für Land,
hat Himmel, Berg und Tal benannt
sowie Tier, Pflanze, Fluß und Meer.
Den ersten Menschen nannte er
nicht Mensch, nein: Adam. Danach nahm
er Urlaub von dem ganzen Kram.

Und Adam motzte: »Gott, verdammt!
Das Paradies ist insgesamt
ganz hübsch, mit Pflanzen und mit Tieren,
auch ist es warm, man muß nicht frieren,
jedoch fehlt mir zum Zeitvertreib
noch Fußball, Dosenbier und Weib!«

Gott sah dies ein. Zu dem Behuf
er nun den zweiten Menschen schuf:
Er baute Adam die Madame
– er war an Lehm grad' etwas klamm –
aus Rippchen, die seit ein paar Tagen
fürs Grillen schon im Kühlschrank lagen.
»Nicht schlecht!« rief Adam. »Sag mir noch
den Namen rasch.« Gott brummte: »Och,
ich bin gedanklich grad' beim Bier.
Denk dir was aus, gehört ja dir.«
Und Adam sprach: »Du süßer Käfer
heißt nun von diesem Tag an: Eva.«
»Du, Gott«, bemerkte Adam dann,
»ich treib' dich ja nur ungern an,
doch fehlt noch Schalke und Export.
Da nehm' ich dich bei Gottes Wort!«
Gott sagte: »Da mußt du noch warten,
geht doch solange in den Garten.«

Dort stand ein Apfelbaum, der klar
für jedermann verboten war,
denn lange wollte Gott sich schon
durch Gen-Manipulation
melonengroße Äpfel züchten,
um hinterher mit diesen Früchten
im Schreberparadiesverein
die Riesensensation zu sein,
weshalb er zur Bedingung machte,
daß dies Verbot man streng beachte.

Doch Satans Plan war teuflisch schlau:
Er überzeugte Adams Frau,
daß der, wenn er vom Apfel äße,
nicht saufend vor der Glotze säße.
Sogleich bot dieses Früchtchen dann
den Apfel ihrem Adam an:
»Hier, iß!« Er nahm das Obst und biß
in den verbot'nen Granny Smith.

Als Adam derart sich versündigt,
ward prompt die Wohnung ihm gekündigt.
Seit dieser Zeit, wird uns gelehrt,
ist uns das Paradies verwehrt.

Nur manchmal, wenn man ohne Frau
sich Fußball ansieht im TV
und sich dabei ein Bierchen gönnt,
dann scheint es grade so, als könnt'
es selbst in unsrem faden Leben
ein Paradies auf Erden geben.

Mann, Moses!

»IHR TRIPPELT VIERZIG JAHRE WIE
TOTALE DEPPEN DURCH DEN SAND
DORT IN DER WÜSTE SINAI
UND SUCHT NACH DEM GELOBTEN LAND?«

»Nun, also ...« »JA?« »Das war halt so ...«
»ICH HÖRE?« »Äh, am Roten Meer,
sind wir, ähem, dann irgendwo
falsch raus aus diesem Kreisverkehr ...

ich hab die Ausfahrt wohl verpaßt,
das kann schon sein, ich geb's ja zu ...«
»NUR WEITER!« »... und wir wären fast
verhungert.« »ABER ...?« »Aber du,

ja, – Halleluja! – du erschienst ...«
»UND GAB EUCH ...?« »... unser täglich Brot,
als heil'ger Manna-Pannendienst ...«
»SONST WÄRT IHR NÄMLICH ...?« »... alle tot.«

»NA GUT, MERKT'S EUCH FÜR'S NÄCHSTE MAL!«
spricht Gott. Dann denkt sie: »ICH IDIOT!
DER WAR DIE VÖLLIG FALSCHE WAHL –
WIE NOAH: OHNE FRAU IM BOOT

HÄTT' DER SICH AUCH TOTAL VERFRANZT!
JEMANDEN NACH DEM WEG ZU FRAGEN,
WENN DU IHN SELBST NICHT FINDEN KANNST,
DAS KÖNNEN MÄNNER NICHT ERTRAGEN.

ALS WIR IN DER TOSKANA WAREN«,
beschließt sie, etwas resigniert,
»BEIM SCHÖPFERKURS ZUM SELBSTERFAHREN
HAB ICH NUR SCHEISSE FABRIZIERT!«

Das wundersame Catering

Beim Hochzeitsmahl von Kanaan
schlug leider fehl des Herrgotts Plan:
Zwar machte Jesus durch ein Wunder
aus Wasser besten Spätburgunder,
doch war man nach der Weinvermehrung
bald viel zu blau für die Bekehrung.

Die Offenbarung des Hannes

Das Weltenende naht: Die Himmel bersten,
Gebirge brechen, Wälder fallen um.
So wird es sein, und zwar zum nächsten Ersten,
vielleicht auch früher. Fragt mich nicht, warum.

Und brennend stürzt herab die Sonnenscheibe!
Erzittert! Euer gottlos' Auge schaut's,
wie sie zermalmend aufschlägt! So! Ich schreibe
hier in Ermanglung eines andren Lauts:

Pardauz!

Es folgen Überschwemmungen und Beben,
und Stromausfälle. Und im ganzen Land
wird's nur noch Trümmer oder Krümel geben,
und Zähneknirschen, wegen all dem Sand.

Und glaubt bloß nicht, ich sag euch den genauen
Termin des Weltenuntergangs – haha,
ihr werdet dußlig aus der Wäsche schauen!
Zum Glück bin *ich* an diesem Tag nicht da.

Täglich Brot

Immer, wenn wir in der Messe
brav das Vaterunser hören,
richtet sich das Interesse
auf die Dinge, die uns stören:

Anders als die zehn Gebote,
die nun wirklich gut gelungen,
hat die Stelle mit dem Brote
Raum noch für Verbesserungen.

Bei der Vielfalt der Gebäcke
fängt so mancher an zu rätseln:
Immer Brot! Warum nicht Knäcke?
Oder Semmeln, Hörnchen, Brezeln?

Denn bei der Produktpalette
ist es durchaus zu verstehen,
daß selbst Fromme statt zur Mette
lieber gleich zum Bäcker gehen.

Gottes Volk und Teufels Musik

Was hat sich Gott dabei gedacht,
als er die Volksmusik gemacht?

War es sein Plan, daß wir durch Singen
ganz Jericho zum Einsturz bringen?

Dacht' er: »Die wird als Plage reichen,
der Moses kann die andren streichen!«?

Schickt er anstatt der nächsten Flut
die Spatzen uns aus Kastelruth?

Vielleicht schuf auch der Antichrist
die Volksmusik mit arger List:

Ob wir ihm nach dem Rückwärtshören
von Heino ewig Treue schwören?

Entstiegen aus den Höllengruben
die zwei Wildecker Beelzebuben?

Droht uns ein Schmankerl von Karl Moik
statt Pech und Schwefel und dem Zeug?

Du lieber Gott! Wenn das so ist,
dann werd' ich lieber ein Buddhist,

und hoff', ich werd' wiedergeboren
als irgend etwas ohne Ohren!

Trotzreaktion

Daß man mich ärgert und verlacht,
wenn Wasser ich aus Wein gemacht,

daß mancher kichert, wenn im See
ich bis zum Hals im Wasser steh',

und grölt, wenn sich nach meinem Segen
die Lahmen auf die Fresse legen,

bestärkt mich lediglich darin,
daß ich der neue Heiland bin.

VIII. Kurz und Wurz

Kurz und Wurz

Oftmals ward im Überschwang
ein Gedicht von mir zu lang,
und das sorgte für Besturz.

Ohne Worteüberhang
wurd's kurz.

Hell und Schnell

Wir wissen: Geschwinder als Wellen des Schalls
bewegen sich Wellen von Licht.

Und daraus erklärt sich, daß mancher dir als
sehr helle erscheint – bis er spricht.

Kleiner Wunsch

Ich wünsche mir ein kleines Haus
mit winzigkleinen Kammern,
und schaute es auch ärmlich aus,
ich würde drob nicht jammern.

Und stünde noch ein Kistlein drin,
im Heim, das mir beschieden,
mit einem Lotteriegewinn,
dann wär' ich schon zufrieden.

Vorsorge

Nichts ist im Leben sicher, Sohn.
Vielleicht, daß nach der Suppe schon
du stirbst und in die Grube fährst.
Drum: Iß den Nachtisch stets zuerst!

Halbes Leben

Ordnung ist das halbe Leben,
doch nach allem Augenschein
bin vom Chaos ich umgeben –
manchmal tritt die Ordnung eben
erst zur zweiten Hälfte ein.

Humor ist

Geht dir alles in die Binsen:
Drüber grinsen.

Kannst du gar nichts richtig machen:
Drüber lachen.

Kriegst du dann vom Lachen Runzeln:
Drüber schmunzeln.

Gleichberechtigte Misanthropie

Mir ist egal, ob Frau, ob Mann:
Ein jeder weiß, was er mich kann.

Mir ist egal, ob Mann, ob Frau:
Was er mich kann, weiß er genau.

Ob Mann, ob Frau ist mir egal:
Ein jeder weiß, er kann mich mal.

Es bleibt

Mir ist an manchen Tagen so …
so fad, so leer, ich könnte brüllen!
Ich könnte glatt den Status quo
in der geballten Faust zerknüllen!

Nur Formulare auszufüllen
vermag der Job. Und im Büro,
da denk ich jeden Tag im stillen:
Mir ist an manchen Tagen so …

Zu müde

So mancher gerne Federn hätt'
und träumt vom Fliegen.
Ich habe nur ein Federbett
und bleibe liegen.

Warum?

Willst du immer weiter schweifen?
Sieh, das Gute liegt so nah.
Laß uns auf die Ferne pfeifen!
Und auch blasen? – Aber ja!

Weit draußen in meinem Kopf

Ach, grüble nicht darüber: Es
gibt doch noch sehr viel Trüberes!

Denk nicht nur an Verlorenes:
Trink lieber was Vergorenes.

Das Beste

Was ist es, und wie kann ich es euch sagen,
was mir an unserm Nachbarn *France* gefällt?
Daß alle Leute Baskenmützen tragen?
Daß jeder unterm Arm ein Weißbrot hält?

Mag ich Paris? Gefallen mir Pariser?
Les' ich gern Sartre? Sag ich gern *voilà*?
Ist es das Lächeln dieser Mona Lisa?
Das *savoir vivre*? Das *je ne sais pas quoi*?

Ist es die schöne Landschaft der Provence?
Mais non! Es ist der Rotwein. *Vive la trance*!

Amrum

Wie schön war der Urlaub auf Amrum:
Man sprang nackt ins Wasser und schwamm rum,
tat am Rum sich gütlich
und lag dann gemütlich
und völlig besoffen im Schlamm rum.

In der Schlange auf Langeoog

Es staunten die Zöllner auf Langeoog,
was die zu verzollende Schlange wog:
Mit Stuyvesant mild
war die Boa gefüllt,
aus der man dann Stange um Stange zog.

Schüttelreim in der Fußgängerzone

Spiele ich öffentlich Stehgeige,
leeren sich sämtliche Gehsteige.

Schüttelreim aus der Drogenberatung

Gib beim Genuß von Hanf und Mohn acht,
sonst fällst du hinterher in Ohnmacht.

Schüttelreime aus dem Alten Testament

Der Abel sagt beim Kerzenschein:
»Heut ist mir nicht nach Scherzen, Kain!«
Kain spricht: »Heut mach ich keine, Abel.
Halt bloß mal dieses eine Kabel ...«

Unglaublicher

Ich wär' gern grün, und stark, und groß,
ein unglaublicher Hulk, statt bloß
so ich, so blaß, so schwach, so klein,
ein unglaublicher Ulk zu sein.

Rollentausch

Ein Pferd, welches sich aufgebäumt,
ist keine Seltenheit auf Erden.
Doch niemals hat ein Baum geträumt,
sich seinerseits mal aufzupferden.

Arachnophobie

Sieh dort, die Spinnen: Emsig webend
und nur für ihre Arbeit lebend,
erbauen sie ihr Netz geschwind,
so unermüdlich, ohne Pausen.

Warum wir uns vor ihnen grausen?
Weil sie so furchtbar fleißig sind.

Grund zur Freude

Der Jäger ist vom Schrot durchsiebt;
er hat sich umgebracht,
weil seine Frau ihn nicht mehr liebt –
das Häslein aber lacht.

Sport ist Mord

Mal wieder ist ein Toter zu beklagen:
Ein Sportler, welcher unlängst Ruhm erworben,
er starb beim Training – und an Herzversagen.
Na, wenigstens ist er gesund gestorben!

Oben wie unten

Oben zieh'n entlang am Himmel
rasch die Wolken, weiß wie Schimmel.
Unten lieg' ich auf der Erde,
der ich auch bald schimmeln werde.

Zwei Seiten

Die Exporteure
lachen froh,
doch betretene Mi(e)nen
im Kosovo.

Unsicherheit

»Un-« ist ein Präfix, das verneint,
was ohne »Un-« der Wortstamm meint,
denn: »Un-« heißt schlicht und einfach »nicht«,
das lernt man schon im Unterricht.
Ein gutes Beispiel in der Tat
ist hier der Unsicherheitsrat.
Das ist ein Irrtum, meinen Sie?
»Un-« wäre falsch? Es heiße wie?
Es heißt U. N.?
Ach so! Na denn …
Dann ist mir auch nicht länger bang
vor einem Welt-U. N.-tergang.

Ansprache von George W. Bush, März 2003

Jetzt wird für'n guten Zweck gebombt,
damit man Saddam weg bekommt.

Mehr schlecht als recht

Ja, für die Nöte Armer sind
die Augen der Justitia blind. –
Bei Reichen drückt die dumme Kuh
hingegen beide Augen zu!

Einzelfälle

Besorgte Eltern fragen sich verstört,
ob, wenn man Metal-Platten rückwärts hört,
auf diesen »Satan, Satan!« man vernimmt;
die Macher geben offen zu: Das stimmt.
Der Haken allerdings ist: Dies gelingt
nur dann, wenn jemand »Natas, Natas!« singt.

Vampirmärchen
(mit transsylvanischem Akzent zu sprechen)

»Mama«, spricht das Kind mit Schauern,
»stimmt's, daß draußen Monster lauern,
die, wenn wir die Augen schließen,
kommen, um uns aufzuspießen?«

Doch die Mutter lächelt weise:
»Draußen sind nur Fledermäise.
Käiner hier krimmt dir ein Häirchen:
Van Helsing gibt es nur im Mäirchen ...«

Ein Hoch der Klofrau

Ein Hoch der Klofrau! Denn sie putzt
für uns stets da, wo es verschmutzt.
Und sie, die alles sauber hält,
bekommt von uns nur kleines Geld.

Macht ihr doch mal ein Kompliment,
indem ihr sie nicht Klofrau nennt –
nennt diese Frau doch einfach mal
Femme fäkal!

Warum ich Meier heißen möchte

Wenn ich mit Namen Meier hieße,
so sagte dies schon: Ich genieße.
Selbst Frühstück wäre eine Feier:
Mmh, Eier!

Vielleicht auch Schneider, denn es können
mir manche den Genuß nicht gönnen,
mir, diesem Lebenshungerleider:
Schsch, Neider!

Vergeblich

Weil viel zu oft und viel man aß,
will man es mit Diät versuchen,
mit Knäcke, Kalorienzählen,
Körperertüchtigung sich quälen –
doch scheitert man an den drei K's:
Küche, Kühlschrank, Käsekuchen.

Der mahnende Zweizeiler

Von zuviel Kuchen kriegt Madam
das Mieder hinten nicht zusamm'.

Größe

In meinem Schrank, da wohnt ein Gnom,
der trägt als Mütze ein Kondom,
so klein ist der.

Und seh' ich ihn, dann denk' ich: Mist,
denn der in meiner Hose ist
noch kleinerer.

Fränkli goes to Hollywood

Den für Frauen größten Reiz
haben Männer aus der Schweiz,
die sich stets im Ruhme sonnten,
daß sie viele Nummern konnten
– nein, halt! –
daß sie viele Nummernkonten
haben, und des Geldes viel:
Das erklärt den Sex-Appeal.

Zum Glück

Was zwischenmenschlich zwischen Laken
so abgeht, das hat einen Haken,
doch auch, damit man das Dilemma löse,
eine Öse.

Perfekte Lösung

Per se bleibt beim Duell man gern »per Sie«,
denn die Beziehung ist nicht permanent.
Wer schießt schon auf Personen, die man kennt?
»Per du« wär' man nicht halb so schnell perdu.

Schreiblei

»Wer schreibt, der bleibt.«
»Was bleibt er denn? Zu Hause?«
»Banause!«

Sinngemäß

»Wer schreibt, der bleibt.«
Und der, der schreibt, ist wichtig.
So lautet eine der bekannten Thesen.
»Wer schreibt, der bleibt«,
das ist im Grunde richtig,
doch fehlt der Zusatz: »meistens ungelesen«.

Dichter sein

Was heißt denn: ein Dichter sein?
Dichter sein heißt: sich entschein,
sein Lem lang daheim zu bleim
und an som blön Reim zu schreim.

Antiquariat

Die Antithese ist's, das Gegenteil,
wie Antipoden. Doch fehlt in der Tat
mir das Pendant im Positiven, weil:
Was, bitte schön, ist denn ein Quariat?

Warum ich keine Haikus schreibe

Wie, nur drei Zeilen?
So kann ich den Gedanken
niemals zu Ende

Das literarische Zitat

»Stell dir vor, es geht,
und keiner kriegt's hin.«
(Bertolt Blech: Mutter Montage und ihre Kinder)

Die Muse

Die Muse: Wer begnadet ist,
erblickt sie.

Mag sein, daß dich die Muse küßt –
mich fickt sie.

An meine Muse

»Immer muß ich dich bedichten!«
klage ich mein Leid auf Knien.
Nie darf ich mal mich bemichten,
immer muß ich sie besien.

»Sich«, so sagt sie, »zu besichten,
ist nicht schicklich in der Kunst.« –
Um den dummen Streit zu schlichten,
hab ich schließlich uns beunst.

Reim dich still und leise

Du kleines Wort, ich taufe dich.
Nun reim dich still und leise,
zieh los, gewinne Preise!

Dann, kleines Wort, verkaufe ich
dich nämlich bücherweise,
und den Erlös versaufe ich!

Los, ab mit dir! Verlaufe dich
nur nicht auf deiner Reise!

Bilden Sie mal noch ein paar Sätze mit ...

Bratislava
Ich fiel in den Vulkan auf Java,
und das, worin ich Bratislava.

Sarajewo
Daß hier noch Saras Müll rumliegt, das stört:
Lernt Sarajewo hin der Müll gehört?

Venedig
Die ganze Stadt voll Wassergraben –
Venedig sie da Boote haben!

Ägypten
Da steht doch einer frei, du Vollidiot!
Ägypten Ball nicht ab! Da seh' ich rot!

Bangkok
Statt daß ich auf der Bangkok, Trainer, ließen
Sie lieber mich aufs Feld und Tore schießen!

Katmandu
Was macht man bei der ASU?
Da überprüft den Katmandu!

Samarkand
Wie heißt die Frage? Wer den Imperativ erfand?
Da muß ich raten. Na, ich Samarkand.

Distanzen
Was uns von Dante blieb?
Distanzen, die er schrieb.

Dialekt
Ob dem Beamten seine Arbeit schmeckt
bei all den Postwertzeichen, Dialekt?

Hagebutte
Er rast bergab und schreit: »Mein Mazda,
der Hagebutte Bremsen! Platz da!!!«

Cognac
Daß wir noch mit dem Auto fahren müssen,
das Cognac keiner von uns vorher wissen.

Indizien
Die Wohnung war für uns zu klein,
Indizien jetzt Zwerge ein.

Nitroglyzerin
Herr Klein durchschaute stets, wie's schien,
die Schminke: Nitroglyzerin.

Kantaten
Ein Wort, so sehr wir es auch schätzen,
Kantaten einfach nicht ersetzen.

Leichnam
Er war ein abgeklärter Mensch, der gleichsam
das Leben und das Sterben Leichnam.

IX. Vom guten, wahren Schönen

Rauschgoldrausch

Ich habe auf der Suche nach dem Wort
den Stollen bis weit in den Kopf getrieben.
Ich habe tief in mir danach gebohrt
und jeden Satz zu Silbenstaub zerrieben.

Das alles ist erledigt. Und zum Schluß
ist nur ein Letztes noch zu tun geblieben,
und zwar, aus meinem steten Redefluß
ein kleines Quentchen Hirngold auszusieben.

Kasperkopf

An manchen Tagen, grade so wie heut',
da schwelge ich in meinem Übermute.
Ich tue das, wovor man sonst sich scheut,
und wovon man mir früher eingebleut,
daß man so was nicht tut, was ich da tute.

Ein Übermut? Der reichte mir nicht aus:
Das sind schon eher zwei, drei Übermüte!
Und liefe mir am Ende eine Laus
noch über meine Leber – ei der Daus! –
dann zögen beide höflich wir die Hüte.

Ich bin Vernunft ein stetes Ärgernis,
ein fremder Ärgernismus in den Massen,
ein bunter Hund: Mein Bellen, das hat Biß.
Versucht nicht, mich zu ändern – seid gewiß:
Ich bleibe ein Hanswurst in allen Gassen.

Wenn ich will

Wenn ich will,
kann ich mit Worten Bilder malen,
auf denen sich Forellen aalen
in sommerlichen Sonnenstrahlen
an Seeufern.

Wenn ich will,
dann lasse ich in Vollmondnächten
die Karpfen in das Wasser hechten
und Phantasie, statt sie zu knechten,
mal ausufern.

Wenn ich will,
kann ich ein Flußpferd grasen lassen
und Meerschweine zusammenfassen
mit Seekühen zu neuen Klassen
von Paarhufern.

Wenn ich will,
dann mach ich's wie die barschen Schollen:
All jenen, die mich bremsen wollen,
sag ich, was sie mich gern mal sollen,
den Buhrufern.

Seid bloß still!
Gott gab uns Sinne, aber auch'n
Un-Sinn, damit wir ihn gebrauchen,
in höh're Sphären abzutauchen:
Dazu schuf er'n!

Kein Freund großer Worte

Verzeihung, ich gehöre nicht zu jenen,
die immer reden, ohne was zu sagen:
Hab ich zu dem Gespräch nichts beizutragen,
dann schweige ich, statt Floskeln auszudehnen

und durch das Wiederkäuen leere Hüllen
zu riesengroßen Blasen aufzublähen;
die würden, bis sie dann mit einem jähen
Getöse platzen, ganze Bücher füllen.

Denn: Schriebe ich derart gestelztes Nichts,
entspönne sich doch rasch eine erregte
Debatte ob des Nutzens des Gedichts,

so daß, wenn Zeit verschwendet so verrönne,
man sich zu Recht am Ende überlegte,
ob man das nicht auch kürzer sagen könne.

Nachtgedanken

Und nun, da sich der Tag zum End' geneigt,
und ringsum die Natur voll Ehrfurcht schweigt,
nun überwindet enger Geist die Schranken,
die ihm von strenger Logik aufgezeigt,
und von der Schwere lösen sich Gedanken.

Es schwingt sich der Verstand in lichte Höh'n,
der Geist erlangt ein Wissen, ein Versteh'n
und eine Klarheit, nie zuvor besessen –
dann steht man auf, denn man muß pinkeln geh'n …
man kommt zurück und hat es schon vergessen.

Schimmelbildung

Ein Blick aufs dreckige Geschirr
genügt schon, und ich sehe ein:
Der Ausdruck »weißer Schimmel« muß
nicht zwingend tautologisch sein.

Ein Blick in meinen Kühlschrank, und
schon bin ich überzeugt davon:
Der Ausdruck »schwarzer Schimmel« ist
nicht immer ein Oxymoron.

Ich laß den Schimmel, wo er ist –
nicht bloß aus reiner Faulheit, denn:
Die Schimmelbildung trägt zugleich
viel bei zu meiner eignen.

Auf in die Welt

Tragt meine Worte in die Welt
und laßt sie dort ertönen,
daß euch sogleich der Geist erhellt
vom guten, wahren Schönen.

Gute Argumente

Weil ich der Denker größter bin,
Erlöser und auch Tröster bin,

weil ich der Dichtkunst Meister bin
und weder Kleist noch Kleister bin,

weil ich nur zu beneiden bin,
und: weil ich so bescheiden bin,

drum sollt ihr den Herrn Schönen
zu eurem König krönen!

Im Vergleich

Da hat Fontane schrieben hin
ein Deutsch, wie's keiner spricht –
doch da ich nicht Fontane bin,
darf ich so etwas nicht.

Bei Goethe lobt man jedes Wort,
reimt sich auch Gruß auf Kuß –
nur mich belehrt man immerfort,
wie's richtig heißen muß.

Es gilt für alle nach dem Stern
des Ruhmes Strebenden:
Quod licet toten Lyrikern
non licet lebenden.

Früher und heute

Früher mal Notiertes:
Mit der Zeit verliert es.

Früher mal Verfaßtes:
Nach und nach verblaßt es.

Früher mal Erdachtes:
Schmäht es und verlacht es.

Früher mal Gedichtetes:
Nehmt es und vernichtet es.

Doch mein Zeug von heute
müßt ihr kaufen, Leute.

X. Das ABCD der Dichtung

Das ABCD der Dichtung

I. Der Kreuzreim

Ich schreibe jetzt ein Reimgedicht.
Doch siehe da: Es reimt sich kaum,
und wenn es ihm am Reim gebricht,
dann ist es keins. Und aus der Traum!

Moment mal! Wie ich grade seh',
reimt sich das Ganze doch, so scheint's,
ganz kreuzfidel ABAB –
ach, mit dem Kreuzreim ist es eins!

II. Der Paarreim

Sehr einfach kommt dagegen der
unkomplizierte Reim daher;
zwei Zeilen nur, schon ist er da –
Er reimt sich lediglich AA:

Der Paarreim. Neuerdings sind Paare
in unsren Breiten Mangelware,
doch hört sich auch ein Single-Mann
ganz gerne solche Reime an.

Doch mach nicht – darauf ist zu achten! –
den Fehler, den schon andre machten,
und trenne nicht die Zeile roh,
daß sich der Satz verteile so:

Wie man hier sieht, klingt mitten im
Satz jeder Bruch besonders schlimm.
(Es gibt auch Dichter, die verfass-
en es zum Spaß. Dann darf man das.)

III. Der umarmende Reim

Ein andrer Reim, der niemals trennt,
sich vielmehr innig festhält, ja
umklammert, reimt ABBA –
weshalb man ihn umarmend nennt.

Ein winzigkleiner Nachteil ist,
daß man, dieweil die Zeit vergangen,
bis man den Mittelteil, den langen,
gelesen hat, den Reim vergißt.

IV. Der Schweifreim

Und ähnlich geht es dir bestimmt,
wenn man z. B. den Schweifreim nimmt
mit AAB und CCB:

Am Ende angekommen, beißt
er selbst sich in den Schwanz. Doch weißt
du etwa noch das Reimwort? Nee.

V. Der Haufenreim

Du, Haufenreim, läßt es nicht zu,
daß man vergißt. Oh nein, nicht du!
Bei dieser Reimform ist der Clou
ein AAA-Stakkato. Puh!

Du läßt die Zeilen überlaufen
mit Reimen, läßt uns nicht verschnaufen,
du hinterläßt uns lauter Haufen,
es ist schlichtweg zum Haarerauufen!

VI. Der Kettenreim

Der Kettenreim dagegen setzt
die Reihe sehr verschlungen fort.
Schau hin: Das Wort, das er zuletzt

in jener zweiten Zeile dort
so stellte gänzlich hintenan,
es reimt sich auf das letzte Wort

der vierten. ABA voran,
dann BCB, und daher muß
ein CDC noch folgen. Dann

am End' ein D, und damit Schluß.

Mitnichten dichten

Schreibst Lyrik du zum Broterwerb,
bist auf Gedeih und auf Verlust
du ausgeliefert: Alles muß
sich reimen an der Zeilen End'!

Bald muß man schier sich mit Gewalt
zum Reimen zwingen. Darum Stop!
Ich will nicht mehr Gedichte schreiben,
die mit dem Endreim Scherze machen!

Du schnöder Vers, der du dich reimst,
hast niemals Preise eingesackt!
Prosaisch sei nun jedes Wort!
Verfluchte Muse, scher dich weg!

Und fortan soll mein Motto sein:
Nicht länger will ich reimen, nee!

Aller Anfang ist schwer

Zeilen, die sich hinten reimen,
nennt man darum ein Gedicht.
Feilen muß man da nicht lange.
Kennt man eine andre Form?

Freilich ist's am Ende einfach!
Jeder kann es, wie man sieht.
Eilig etwas hingeschrieben,
weder Vers noch Maß tut not.

Eine neue Form der Dichtung?
Goethe hätte sie begrüßt,
Heine auch. Wer würd's nicht wagen,
böte sich Gelegenheit?

Würden wir am Anfang reimen,
Schranken würden weggefegt,
Hürden würden reihweis gefallen,
danken würd' dem Dichter man!

Haikus im Alltag

Zeitweise Schauer.
In höheren Lagen Schnee.
Wind aus Nordnordost.

Alles einsteigen.
Türen schließen selbsttätig.
Vorsicht am Bahnsteig!

Beachten Sie auch
unser Sonderangebot:
Zott Sahnejoghurt.

Ausgenommen sind
Geh- und Stehbehinderte
laut § 2.

Rostschutzspraylack matt.
Sehr dünn auftragen. Dose
vor Gebrauch schütteln.

Aus dem Hintergrund
müßte Rahn schießen – Rahn schießt:
Tor! Tor! Tor! Tor! Tor!

Verwandte Seelen im Dütt

Sprach ich, ich sei individüll,
dann meinten sie, ich rede Müll.

Und sagte ich, ich wär' ein Pöt,
dann hielten alle mich für blöd.

Bei dir, da merkte ich zuerst,
daß du es auch in dir spuerst.

Laß ruhig sie bloed uns nennen:
man kann uns – nicht trennen – wie Muell!

SZ

Nein, der Reform will ich mich niemals fügen,
bleib lieber ewig gestrig, unmodern.
Die alte Schreibung macht mir mehr Vergnügen,
wie auch die Reime von den »alten Herrn«.

Ich schreibe selber Lyrisches bisweilen,
auch wenn 's nicht »in« ist, manchmal ein Sonett,
halt was Gereimtes, so in vierzehn Zeilen,
und daß am liebsten eben – mit SZ.

Ich weiß, das »daß« war eben nicht ganz richtig,
doch daß das »daß« nicht »dass« heißt, das ist wichtig,
und daß das »daß« nicht völlig untergeht.

Ich mag das »daß«, und dich, SZ, bedicht' ich.
Auf euer Reformieren, da verzicht' ich
und hoffe, daß das »daß« das übersteht.

Globus & Ficus

Die beiden Worte (siehe oben),
die enden singularisch »-us«.
Im Plural wird aus Globus Globen,
und logisch folgt daraus der Schluß,

daß Ficus auch im Plural dann
die Endung »-en« trägt, also Ficen.
Doch ruf einmal bei Fleurop an,
ob die dir ein paar Ficen schicken!

Versuchen wir es mal lateinisch –
der Plural endet dann auf »-i«.
Doch auch mit »-i« ist's »iih!« und schweinisch,
denn: »Fici«? Na, ich bitte Sie!

Das klingt doch, wenn Sie »Fici« sagen,
nach Sextourismus. Grauenvoll.
Herr Duden, darf ich Sie mal fragen,
wie nun der Plural lauten soll?

Ficusse? -cüsse? Oder wie?
Die Konsequenz aus diesem ganzen
Schlamassel lautet, einfach nie
mehr als nur einen einzupflanzen.

-nunft

Dank der -einten Willenskraft
wird das »ver-« ganz abgeschafft!

Ich sag euch das eine: Künftig
werden alle Leute -nünftig!
Alles wird sich umgestalten:
Menschen werden sich dann -halten,

Reiche nur ihr -mögen -mehren,
Männer dann mit Frauen -kehren,
ab und zu im Bett mal -sagen,
die Gerichte werden -tagen,
-handeln und ein Urteil -künden.

Priester -geben uns die Sünden,
man kann sich den Magen -stimmen,
Starke werden Schwache -trimmen,
viele werden ungebeten
ihren Chef im Urlaub -treten,
Menschen werden andre -lassen,
wer zu spät kommt, der wird -passen,
die Regierung mit dem größten
-gnügen -schaukeln uns und -trösten
und sich in den meisten Fällen
in der Öffentlichkeit -stellen.

Wenn es an dem »ver-« nicht läge,
unterschrieben Sportler -träge,
Schilder würden nur noch -bieten,
-mieter an die Mieter -mieten,
und man würde unter Gleichen
sich fortan die Hände reichen.

Denkt euch nur: Ganz plötzlich müßten
-hören uns die Polizisten,
Kriegs-brecher, die Waffen -wenden,
würden so den Krieg beenden.
Bomben würden plötzlich -nichten,
wenn nur auf das »ver-« wir -zichten,
und Kadaver würden -wesen!
Wenn wir diese Zeilen lesen,
wird allmählich uns bewußt –:
Schön wär' diese Art von -lust.

Realitäts-zug

Besser wär's, wir würden lernen,
manche Silben zu entfernen,
und somit aus schlimmen Sachen
ohne Präfix schöne machen –
ohne »be-« zum Beispiel wär'
unser Leben halb so schwer:

Wenn wir es beiseite ließen,
wären Feinde nur zum -schießen,
Vorgesetzte würden -fehlen,
bei Gericht nur -weise zählen,
Menschen würden sich dann -kriegen
und sich in den Armen liegen,
und all die vor Liebe Blinden
würden sich im Zweifel -finden.
Köche lernten schon beizeiten
Tiere richtig zuzu-reiten,
und Jehovas Zeugen wären
auf den Straßen, um zu -kehren.

Darum soll man nun entscheiden,
diese Silbe abzuschneiden!
Schöner – heißt das Resümee –
wär' das Leben ohne »be-«.

Würde es uns dann gelingen,
sie woanders anzubringen,
und man würd' aus schlimmen Sachen
mit dem Präfix schöne machen,
da wir oftmals an gewissen
Stellen dieses »be-« vermissen,

keiner würde sich mehr schämen,
sich dann viel mehr zu be-nehmen,
noch sich bei Friseur'n beschweren,

wenn sie Haupthaar uns be-scheren.
Es beschränkten sich die Pflichten
eines Richters auf's be-richten,
und es würde dazu führen,
daß Soldaten sich be-rühren.
Auch wird die Erkenntnis reifen:
Frauen sollte man be-greifen.
Außerdem gäb's sicherlich
nur be-Freier auf dem Strich.

Darum will ich darum bitten,
diese Silbe anzukitten!
Schöner – heißt das Resümee –
wär' es mit der Silbe »be-«.

Um nun zum be-Schluß zu kommen:
Wird der Antrag angenommen?
Bitte mal die Hände heben …
eben.

Wichtig ist nur, zu erkennen:
Wo ist etwas abzutrennen,
wo etwas hinzuzufügen?
Beim Verändern viel Vergnügen
wünscht euch M. J. Schönen, euer
Sprachverbesserungeheuer.

Jedes Was ist nicht das Nichts

Das Nichts, es läßt sich uns nicht zeigen:
Dem Maler, dem entfernt es sich
mit jedem weit'ren Pinselstrich.

Vom Nichts muß selbst der Dichter schweigen:
Kein Schreiber, dem nicht schon beim »Nich«
das unfaßbare Nichts entwich.

Und hieraus lernt man also das:
Beschreibt man Nichts, dann wird es Was!
Und Was als Inhalt des Gedichts
verdrängt des Pudels Kern: das Nichts.

Drum folgt nun das – aus meiner Sicht –
ultimative »Nichts«-Gedicht:

»

«

KLAUS CASAR ZEHRER

KdF: Komik durch Form

Die Bedeutung von Steuerfachangestellten für die Entwicklung der deutschsprachigen Lyrik im zwanzigsten Jahrhundert kann gar nicht niedrig genug eingeschätzt werden. Damit ist freilich nicht gesagt, daß die deutschsprachige Lyrik früherer Jahrhunderte Steuerfachangestellten mehr zu verdanken hatte. Wenn ich also Michael Schönen zum größten deutschsprachigen Dichter-und-Steuerfachangestellten aller Zeiten erkläre, so heißt das noch nicht viel. Ich muß wohl etwas ausführlicher werden.

Nun denn: Michael Schönen ist erstens ein außergewöhnlich komischer Dichter, zweitens ein außergewöhnlich formbewußter Dichter und drittens ein lebender Beweis für die Tatsache, daß man das erste nicht sein kann, ohne zugleich das zweite zu sein. Er weiß, und das tun leider bei weitem nicht alle Vershumoristen hierzulande, daß ein komisches Gedicht etwas grundsätzlich anderes ist als ein in die nächstbesten Reime gebrachter Witz.

Zum Zusammenhang zwischen lyrischer Form und Komik später mehr; zuvor sei noch rasch bemerkt, daß Schönen viertens auch ein außergewöhnlich produktiver Dichter ist. Etwa sechshundert Gedichte hat er, der Mittdreißiger, bereits verfaßt, etwa das Vierfache dessen, was in diesem Band Platz fand. Eine stolze Menge – manch ein gestandener Großlyriker hat ein schmaleres Lebenswerk hinterlassen. Beispielsweise gibt es gerade einmal rund zweihundert Gedichte von Friedrich Schiller. Dessen Leistungen als Steuerfachangestellter allerdings noch weit dürftiger waren.

Wie kommt Schönen bereits in so jungen Jahren zu einer so prall gefüllten Schublade? Die Antwort ist simpel: Er kann sehr schnell dichten. Wie schnell, das demonstriert er hin und wieder bei seinen Auftritten. Er läßt sich vom Publikum Begriffe zurufen und während der Pause über die Schulter dabei zusehen, wie er sie zu Reimgedichten verarbeitet. Ein Beispiel sei dokumentiert. Aus den

Vorgaben »Kassengestell«, »Kohlensäure«, »Südstadt«, »superjeile Zick«, »Prä-Menstrual-Syndrom«, »Waschmaschine«, »Perücke« und »Zahnprothese« fabrizierte Schönen binnen fünfzehn Minuten das angesichts der gebotenen Eile erstaunlich geschmeidige Gedicht »Kölner Rentner«:

Laß uns trinken, meine Teure,
denn wer weiß, wie lang man lebt,
auch wenn von der Kohlensäure
unsre Zahnprothese bebt.

Sind wir, wie die Waschmaschine,
auch schon alt, verkalkt und dick,
haben wir doch, Josefine,
eine »superjeile Zick«.

Aus der Südstadt die Perücke,
von der Kasse das Gestell,
fehlt uns nur zu unsrem Glücke
Metternich statt Rheinfelsquell.

Du bist in den Wechseljahren,
ich brauch nie mehr ein Kondom,
uns verließ mit meinen Haaren
dein Prä-Menstrual-Syndrom.

Jugend will nichts von uns wissen,
wer verbraucht ist, wird verkannt,
doch ich frag: Wenn Hunde pissen,
stört sich daran der Hydrant?

Doch, ich liebe diesen Ansatz
eines süßen Doppelkinns,
denn wir sind noch Frau und Mann, Schatz,
Augenstern und Märchenprinz.

Man beachte, daß Schönen sich nicht mit einfachen Paarreimen zufriedengab, sondern die sehr viel schwierigeren Kreuzreime wählte, wobei er weibliche und männliche Versschlüsse fein säuberlich alternierte. Als alle Pflichtbegriffe untergebracht waren, fand er sogar noch die Zeit, zwei Extrastrophen hinzuzufügen. Da staunt der Fachmann, und der Laie erfreut sich an den vielen kleinen Pointen und Sprachschönheiten, die zum Glück auch nicht fehlen.

Michael Schönen hat das Blitzdichten nicht erfunden, er läßt lediglich eine fast ausgestorbene Tradition wieder aufleben; eine Tradition, die ihre beste Zeit hatte, als die althergebrachte hohe Dichtkunst, einst Königsdisziplin der Literatur, in einer tiefen Krise steckte. Um das zu erklären, muß ich ein wenig abschweifen.

Die Industrialisierung in der zweiten Hälfte des neunzehnten Jahrhunderts brachte nicht nur den Niedergang des gewerblichen Handwerks mit sich, sondern auch den des Dichterhandwerks. Mit der fabrikmäßigen Massenfertigung von Produkten verlor das Einzelstück rapide an Wert, und die Fähigkeit, dasselbe von Hand herzustellen, an Wertschätzung. Nicht viel anders erging es Gedichten und Dichtern. Der wachsende Wohlstand erlaubte immer breiteren Kreisen des aufstrebenden Bürgertums, sich Dingen zu widmen, die sich vorher fast nur der erste Stand leisten konnte, zum Beispiel, sich einer lyrischen Ader hinzugeben. So entstand eine immer größere Menge tadellos gefertigter Gedichte, was aber statt zu einer Hochblüte der Dichtung im Gegenteil zu ihrer Vermassung und Trivialisierung führte, der sogenannten Goldschnittlyrik mit ihrer bergehohen Standardware.

Für die Dichtung bedeutete diese Entwicklung in etwa dasselbe wie die Erfindung der Fotografie für die Malerei, die, da ein naturalistisches Abbild der Wirklichkeit, auf einmal sehr schnell und billig zu haben war, eine neue Formensprache erfinden mußte, um nicht überflüssig zu werden. Die Kunst bestand nun nicht mehr darin, ein technisch einwandfreies Sonett oder Porträt herzustellen, sondern in der Revolutionierung der Form. Dem Avantgardisten, nicht dem Virtuosen und erst recht nicht dem soliden Handwerker, schlug die Gunst der Stunde. Reim, Rhythmus und Regeldichtung gerieten in Mißkredit, die Moderne strebte nach Freiheit und glaubte sie unter anderem in der Befreiung von Formzwängen und Regelsystemen zu finden.

Das gute, alte Reimeschmieden aber fand sich unversehens zum gesunkenen Kulturgut, zur nicht mehr recht ernstzunehmenden Halbkunst degradiert. Beweis: Das Auftauchen der Blitzdichter, die wenig mit den Edelfedern im Dichterolymp verband, aber um so mehr mit den Jongleuren, Dompteuren und Akrobaten, mit denen sie die Tingeltangel- und Varietébühnen teilten. Wie jene entzückten sie das Publikum dadurch, daß sie mit rasender Geschwindigkeit und spielerischer Leichtigkeit etwas schwer Beherrschbares dazu brachten, ihrem Willen zu gehorchen; der einzige Unterschied bestand darin, daß sie nicht Bälle, Tiere oder ihr Körpergleichgewicht, sondern die Sprache in eine von ihnen bestimmte, strenge Ordnung lenkten.

Der Applaus der ob solcher Geschicklichkeit verblüfften Zuschauer war den Blitzdichtern so sicher wie die Verachtung durch den seriösen Literaturbetrieb, der sich von ihnen, nicht zu Unrecht, angegriffen und verhöhnt fühlte: Wer coram publico Gedichte wie am Fließband produziert, bringt damit automatisch die Vorstellung ins Wanken, Lyrik sei ein hochheiliges Gedankendestillat, das sich ein einsames Sprachgenie in mühsamstem Kampf Wort für Wort entringen muß. Blitzgedichte wurden allenfalls als Kunststücke anerkannt, nie als Kunstwerke; sie wirkten über den Augenblick, in dem und für den sie gemacht wurden, kaum hinaus. Die allermeisten alten Blitzdichter sind heute komplett vergessen; selbst die wenigen, die es nicht sind – etwa die Wiener Kabarettisten Karl Farkas und Peter Hammerschlag –, haben es nicht auch nur in die Nähe des allgemeinen Dichterkanons gebracht.

Worauf ich hinaus will? Darauf, daß Michael Schönen in seiner kleinen, aber feinen Gedichtmanufaktur drei weit voneinander entfernt liegende Fäden zusammenführt. Ganz nach Art der alten Meister seiner Zunft ist er imstande, komplizierte poetische Webmuster in Perfektion umzusetzen. Er bringt aber, wie gesehen, auch Beachtliches zustande, wenn er seine Verse mit heißer Nadel strickt. Und obendrein ist er ein moderner Dichter, einer, der die überlieferten lyrischen Formen nicht nur konservativ kopiert, sondern mit ihnen spielt, sie variiert, auffrischt und weiterentwickelt.

Ich sprach eben von Perfektion, wohl wissend, daß das ein großes Wort ist, zumal im Zusammenhang mit komischer Dichtung, der beharrlich der Ruf anhängt, kaum mehr als ein Feierabendvergnügen gutgelaunter Dilettanten zu sein. Doch ich bleibe dabei: Die gelungensten Gedichte von Michael Schönen kommen der Perfektion sehr nahe, das heißt, sie holen das Bestmögliche aus einer Idee oder einer Regel. Das verdankt Schönen seinem ausgeprägten Formgefühl, wobei ihm eine derart breite Auswahl an Möglichkeiten und Stilmitteln zur Verfügung steht, daß er nie in die Gefahr gerät, eine davon zu Tode zu reiten. Man mag bemängeln, daß er noch keinen wirklich eigenen, unverwechselbaren Ton hat – man kann es aber auch positiv ausdrücken: Er hat keine Masche. Mit praktisch jedem Gedicht probiert er einen anderen Dreh aus, und so ist sein Werk in der Gesamtsicht eine Art Leistungsschau der komischen Dichtung, in der sich so ziemlich jede Methode zur Komikerzeugung wiederfindet, die in der Lyrik der vergangenen zweihundert Jahre zur Anwendung gekommen ist.

So kam er weiß Gott nicht als erster auf den Gedanken, Goethes Erlkönig und Schillers Taucher parodistisch zu verfremden, aber seine Variationen der reichlich abgegriffenen Motive (S. 28 bzw. 29) sind weiß Gott auch nicht die schlechtesten. Es kommt eben immer darauf an, was man aus einer Vorgabe macht, und Michael Schönen macht fast immer mehr daraus als seine Kollegen in alter und neuer Zeit; zum Beispiel aus dem lyrischen Ordnungsprinzip »Goldenes ABC«. Die wohl berühmteste Dichtung dieser Richtung, das »Naturgeschichtliche Alphabet« von 1860 – illustriert von Wilhelm Busch, der Textdichter blieb anonym –, geht das Tier- und Pflanzenreich strophenweise von A bis Z durch, begnügt sich dabei aber oft mit der bloßen Aneinanderreihung des Disparaten:

Die Lerche in die Lüfte steigt,
Der Löwe brüllt, wenn er nicht schweigt.

Komisch? Na ja, nicht richtig. Wenn sich aber Schönen (S. 13) zur Erhöhung des Schwierigkeitsgrads und Reduzierung der Beliebigkeit auf Kleingetier beschränkt, zudem den hübschen Einfall, weibliche Tiernamen zu vermännlichen, konsequent durchzieht und, vor allem, immer wieder überraschende Zusammenhänge herstellt, dann klingt das schon sehr viel rasanter:

Der Pferdebrems heißt ganz verkehrt,
denn er beschleunigt noch dein Pferd.

Auch bei anderen Schönen-Gedichten stand die humoristische Dichtung des neunzehnten Jahrhunderts Pate. »Bei einem Wirte wundermild« (S. 30) greift die damals sehr beliebten Spiele mit der Grammatik auf. Eine seltenere Reimspezialität ist der Vexierreim. Er wurde während der Revolutionszeit von 1848 erfunden und ermöglichte, satirisch-politische Anspielungen gut sichtbar zu verstecken. »Der gute, stammelnde Untertan« von Adolf Glaßbrenner stottert sich beredt durch acht Strophen:

Du Polizei, die dazu da,
Das wilde Volk zu zügeln,
Dich möchte ich nur einmal ja
So recht von Herzen prü ... prüfen und Dich fragen,
Wer über Dich könnt' klagen.

Raffiniert, aber nicht raffiniert genug, um von Schönens »Ballade vom Ritter Franz und seinem Mädchen, dem Gretchen« (S. 46) nicht noch um Längen geschlagen zu werden. Wer die Tücke ermessen will, die in diesem überaus vertrackten Reimschema steckt, der möge versuchen, den dreizehn Strophen Schönens noch eine baugleiche vierzehnte hinzuzufügen.

»Reim- und Verstechnik bei Michael Schönen« – wer weiß, vielleicht werden eines Tages Examensarbeiten zu diesem Thema geschrieben. Dann wird man konstatieren, daß der Dichter bereits in seinem Frühwerk alle wesentlichen Standards der ernsthaften und der humoristischen Dichtung durchexerzierte, von Terzine, Haiku und Sonett bis zu Limerick und Schüttelreim. Und daß ihn auch Sonderanfertigungen zur freundlichen Übernahme reizten: Das Versgerüst von »Der Fiskus« (S. 66) ist baugleich mit dem von Edgar Allen Poes Poem »The Raven«.

Doch Schönen bedient sich nicht nur mit vollen Händen aus der Schatzkiste der lyrischen Tradition, er legt auch einige neue oder zumindest kaum gebrauchte Schmuckstücke hinein. Hatte wirklich kein Dichter vor ihm den nicht allzu abwegigen Einfall, die Reimworte einmal nicht ans Ende, sondern an den Anfang eines jeden Verses zu setzen (»Aller Anfang ist schwer«, S. 124)? Mir ist jedenfalls kein ähnlich stringent, ja prototypisch durchgezogenes Vorbild bekannt. Mit »Überschrift Doppelpunkt Diktat« (S. 39) hat er eine Möglichkeit zur Verwendung von Satzzeichen entdeckt, die seine Vorgänger, soweit ich informiert bin, jahrhundertelang ungenutzt ließen. Und wie heißt eigentlich die Reimregel, die er in »Rundherum« (S. 81) befolgt? Hat er sie irgendwo abgeschaut oder selbst erfunden? Das sind so Fragen.

Der Leser dieser Zeilen fragt sich möglicherweise längst etwas ganz anderes: Warum wird hier eigentlich so sehr auf formalen Aspekten herumgeritten? Verdient ein Dichter, der ein kompliziertes poetisches Prinzip meistert, wirklich Bewunderung? Sollte ihm nicht eher der leicht mitleidige Blick gelten, mit dem der tapfere Bastler bedacht wird, der in seinem Keller die chinesische Mauer aus Zahnstochern nachbaut; ein Blick, der den Gedanken zum Ausdruck bringt: »Warum verwechselt dieser arme Irre Sich-das-Leben-schwermachen mit Kunst?« Oder, noch einmal anders gefragt: Könnte der Dichter das, was er sagen möchte, auch in einfachere und mühelosere Worte kleiden, ohne an – komischer – Wirkung einzubüßen?

Klare Antwort: Nein, er könnte es nicht. Die Form eines komischen Gedichts ist keine unmaßgebliche Nebensache, ihre Erfüllung nicht l'art pour l'art, sondern sie dient dazu, die Komik zu verstärken beziehungsweise überhaupt erst zu erzeugen.

Ein Beispiel gefällig? Aber gerne, Schönen liefert sie schließlich zuhauf. Nehmen wir die »Röbenschröder-Gedichte« (S. 32). Ihr Witz liegt nur vordergründig im Wörtlichnehmen metaphorischer Redewendungen – diese Pointentechnik wurde schon in Schwänken angewendet, über die man im Mittelalter herzlich lachte und spätestens ab der Renaissance herzlich gähnte. Die rettungslos abgehalfterte Komikstrategie ist heute nur noch dann für einen Lacher gut, wenn es gelingt, über ihre rettungslose Abgehalftertheit zu lachen, das heißt, sie ihrer Blödheit zu überführen und dadurch Metakomik zu erzeugen.

Schönen erreicht das durch zwei subtile, aber enorm wirkungsvolle Winkelzüge. Zum einen führt er zwei Herren namens Röbenschröder und Knipp ein, die der geübte Leser als Wiedergänger zweier legendärer Figuren namens Palmström und von Korf erkennt. Diese traten vor rund hundert Jahren in zahlreichen Gedichten von Christian Morgenstern auf, Meisterwerken des vielschichtigen literarischen Humors. In späteren Jahren erfand Peter Paul Althaus einen Dr. Enzian, Otto-Heinrich Kühner einen Pummerer und zahllose weitere nachrangige Dichter zahllose weitere Symbolgestalten, mit denen sie ihre gereimten Parabeln bevölkerten. Da diese aber im Vergleich zu den unergründlichen Morgensternschen Originalen mehr oder minder durchsichtig und platt waren, erreichten die Epigonen statt der erhofften Aufwertung ihrer eigenen Werke nur die Kompromittierung der gesamten Form. Wer in heutiger Zeit heiter-besinnliche Gedichtzyklen rund um rätselhafte, vornamenlose Herrschaften schreibt, muß wissen, daß auf ihnen eine lange Reihe von Vorläufern lastet, die sich einen höheren Anspruch zumaßen, als sie erfüllten. Schönen hat genug poetisches Geschichtsbewußtsein, um es zu wissen – oder zumindest genug Stilgefühl, um es zu spüren. Röbenschröder und Knipp sind einzig und allein dazu da, unsägliche Gedichte mit unsäglichen Wortspielen noch unsäglicher zu machen.

Der zweite Trick unterstützt die beabsichtigte Wirkung noch: Jedes der »Röbenschröder-Gedichte« besteht aus fünf Zeilen, von denen sich die ersten vier untereinander reimen, die fünfte aber für sich allein steht (»Waise« nennt die Poetologie solche reimlosen Zeilen). Das erzeugt den Effekt, daß die einzelnen Episoden nicht mit einem Schlußreim nach unten abgerundet werden, sondern förmlich in der Luft hängenbleiben. Die Bodenlosigkeit der Antipointen findet also auch eine Entsprechung im Formalen. Das ist schon verdammt gut gemacht.

Da von formaler Perfektion die Rede war, will ich schließen, indem ich das Augenmerk auf zwei Gedichte von Michael Schönen lenke, die so vollkommen gefügt sind, daß ich ihnen ohne weiteres einen dereinstigen Klassikerstatus zutraue. Das erste ist »Der

Stehrock« (S. 45), und ich bewundere es deshalb, weil es etwas darstellt, das es eigentlich gar nicht gibt: eine elegante Zote. Die Pointe ist so wasserdicht herbeigeführt, daß man beinahe von wissenschaftlicher Beweisführung sprechen könnte.

Wer es noch feiner mag, dem sei »Werdegang« (S. 39) anempfohlen, eine erdbebensicher gebaute und zugleich wunderbar filigrane Miniatur, die ich nicht auf den analytischen Prüfstand stellen möchte, obzwar sie jeder technischen Mängelkontrolle standhalten würde. Denn wenn sich komische Dichtung und zarte Liebespoesie zu reiner Schönheit vermählen, darf selbst der Lyrik-TÜV einmal sein Werkzeug sinken lassen und schweigend genießen.

Foto: Florian Müller, www.fotozelle.com

Michael Schönen wird am 13. Juli 1970 in Neuss am Rhein geboren, wo er auch seine Kindheit und Jugend verbringt. Er bleibt Einzelkind und wird von seiner Mutter und seinen Großeltern aufgezogen.

Nach dem Fachabitur absolviert er von 1992 bis 1995 eine Ausbildung zum Steuerfachangestellten und leistet 1996/97 seinen Zivildienst in einem evangelischen Krankenhaus. Danach arbeitet er einige Jahre in diversen Berufen: als Steuerfachangestellter, freier Mitarbeiter einer Werbeagentur und Callcenter-Agent.

Schon in jungen Jahren neigt er (beeinflußt von einer Heinz-Erhardt-Schallplatte) dazu, bekannte Liedtexte oder klassische Werke zu parodieren und scherzhaft umzudichten, nutzt seine Begabung zur Sprachspielerei jedoch zunächst nur selten. Erst als 1995 einige seiner Freunde eine Dichterlesung im privaten Kreis initiieren, beginnt er, Gedichte zu verfassen, zunächst in englischer, später dann überwiegend in deutscher Sprache.

1998 zieht er nach Köln und wagt 1999 den ersten Schritt vor ein größeres Publikum im Rahmen einer der von Stan Lafleur ins Leben gerufenen »Sprechecken«-Lesungen. Fortan besucht er regelmäßig offene Bühnen und Lesungen in Köln und verfaßt für diese Auftritte kontinuierlich neue Gedichte. Zu seinen größten Erfolgen als Slam-Poet zählen der vierte Platz beim GIPS (»German International Poetry Slam«, bei dem Autoren aus Deutschland, Österreich und der Schweiz gegeneinander antreten) 2002 sowie der zweite Platz bei der deutschsprachigen Poetry-Slam-Meisterschaft 2003. Seit 2004 ist er bei Lesungen und in Comedy- und Kabarettformaten auf Kleinkunstbühnen vertreten. Einige seiner Gedichte sind in diversen Anthologien publiziert worden; der vorliegende Band ist seine erste eigenständige Buchveröffentlichung.

Michael Schönen lebt als Steuerfachangestellter in Köln.

*Alphabetisches Verzeichnis der Gedicht*anfänge *und -überschriften*

Günter Nehm
Verspektiven
Herausgegeben von Robert Gernhardt
Titelillustration: Robert Gernhardt
Band 17231

Hell und Schnell – Die Sammlung komischer Gedichte
Herausgegeben von Robert Gernhardt
und Klaus Cäsar Zehrer
Band 1

Ein genialer Jongleur mit Worten und mit Reimen: Günter Nehm gilt unter Kennern als einer der wichtigsten humoristischen Dichter der Gegenwart. Er hat den Schüttelreim neu belebt, herrliche Unsinns-Gedichte verfasst und eine Parade von Palindromen vorgelegt. Robert Gernhardt präsentiert eine Auswahl aus dem Werk von Günter Nehm: eine Einladung, einen Dichter kennen zu lernen, der sich glanzvoll in die Reihe von Morgenstern. Ringelnatz, Roth und Erhardt stellt.

»Was Nehm da mit der Sprache anstellt,
stimmt ähnlich heiter wie gelungene Jonglage
oder gewagte Equilibristik.«
Robert Gernhardt

Fischer Taschenbuch Verlag

fi 17231 / 2

Kurt Tucholsky
Das Ganze halt!
Herausgegeben von Klaus Cäsar Zehrer
Titelillustration: Hans Traxler
Band 17232

Hell und Schnell – Die Sammlung komischer Gedichte
Herausgegeben von Robert Gernhardt
und Klaus Cäsar Zehrer
Band 2

Kurt Tucholskys Witz war geradezu unerschöpflich: Seine Gedichte und Chansons zielen mal elegant, mal dreist treffsicher auf eine Pointe. Klaus Caesar Zehrer stellt in diesem Band den komischen Dichter Tucholsky vor – jedoch nicht als harmlosen Humoristen. Denn Tucholsky dienten seine frechen Lieder und Gedichte zur kompromisslosen Gesellschaftskritik. Dieser Band bietet eine Auswahl, die den besondern Humor von Tucholsky zeigt – unerschrocken vermag er auch dann noch zu lachen, wenn anderen das Lachen schon längst vergangen ist.

Fischer Taschenbuch Verlag

fi 17232 / 1

Alexander Moszkowski

Mensch, reime dich!

Titelillustration: Nikolaus Heidelbach

Band 17358

Hell und Schnell – Die Sammlung komischer Gedichte
Herausgegeben von Robert Gernhardt
und Klaus Cäsar Zehrer
Band 3

Alexander Moszkowski war einer der originellsten und populärsten Lyriker der Kaiserzeit und der Weimarer Republik. Als Chefredakteur der »Lustigen Blätter« verfasste er eine ungemein große Zahl komischer Gedichte. Die Bücher des jüdischen Autors wurden jedoch von den Nationalsozialisten nicht mehr nachgedruckt. Zum ersten Mal seit 1930 erscheint nun wieder ein Buch des einst so berühmten Sprachartisten. Klaus Cäsar Zehrer hat die besten und kunstvollsten Gedichte Moszkowskis ausgewählt, um einen Autor in Erinnerung zu rufen, der alle Genres des Witzes und alle Sprachspiele meisterhaft beherrschte.

Fischer Taschenbuch Verlag

fi 17358 / 1

Robert Gernhardt
Klaus Cäsar Zehrer (Hg.)
Bilden Sie mal einen Satz mit
Titelillustration: Greser / Lenz

Band 17437

Hell und Schnell – Die Sammlung komischer Gedichte
Herausgegeben von Robert Gernhardt
und Klaus Cäsar Zehrer
Band 4

»Bilden Sie mal einen Satz mit ...« – so lautet die Formel für ein poetisches Vergnügen besonderer Art. Robert Gernhardt hatte 1981 diesen Reimsport erfunden, der schnell Berühmtheit erlangte und zum Gesellschaftsspiel wurde. Im Jahre 2005 haben Robert Gernhardt und Klaus Cäsar Zehrer nun zu einem regelrechten Dichterwettstreit aufgerufen und einige hundert Dichter spielten mit. Dieser Band versammelt die allerbesten, d. h. raffiniertesten, ausgefallensten, elegantesten und dreistesten Gedichte. Ein herrlicher Spaß und eine Einladung auch einmal selbst einen Satz mit ... zu bilden.

Fischer Taschenbuch Verlag

fi 17437 / 1

F. W. Bernstein

Luscht und Geischt

Herausgegeben von Robert Gernhardt

Titelillustration: F. W. Bernstein

Band 17373

Hell und Schnell – Die Sammlung komischer Gedichte

Herausgegeben von Robert Gernhardt

und Klaus Cäsar Zehrer

Band 5

Robert Gernhardt beweist mit seiner Auswahl von Gedichten F. W. Bernsteins, dass sein langjähriger Freund und Mitstreiter aus der Neuen Frankfurter Schule jede Menge Luscht- und Geischtvolles zu bieten hat. Bernstein ist ein dreister Meister des Reims und hat seit den sechziger Jahren maßgeblich zur Beschleunigung des deutschsprachigen komischen Gedichts beigetragen.

»Das ist F. W. Bernstein:
ein schöner Elchundselberwelch, ein Molchundselbersolch,
ein Spieler, dem sich die Sprache hingibt.«
Wiglaf Droste

Fischer Taschenbuch Verlag

fi 17373 / 1

Hell und Schnell
555 komische Gedichte aus 5 Jahrhunderten
Herausgegeben von Robert Gernhardt
und Klaus Cäsar Zehrer

Band 15934

Heine, Busch, Morgenstern, Wedekind
in diesem Buche* versammelt sind.
Ringelnatz, Valentin, Loriot
ebenso.
Und wo sind Goethe und Hölderlin?
Auch mit drin.**

* die abwechslungs-, lehr- und geistreichste Sammlung komischer Gedichte deutscher Sprache.

** sowie mehr als zweihundert weitere helle und schnelle, altbekannte und neuentdeckte, historische und heutige, hochkomische und tiefsinnige Dichter, Liedtexter, Sprachspieler und Parodisten.

»Gründlicher und vollständiger ist man über das komische Gedicht in deutscher Sprache noch nicht unterrichtet worden.«
Thomas Steinfeld, Süddeutsche Zeitung

Fischer Taschenbuch Verlag

fi 15934 / 1